U0367576

宝山往事集

唐吉慧 著

内容提要

本书收录了关于宝山的历史文化故事数十篇，皆为作者在对宝山历史文献资料调查研究的基础上，以散文方式进行的相关文字创作。本书分为两部分，第一部分为“老城旧忆”，内容为对宝山诸多标志性建筑与记忆场所的介绍和记录，以及相关历史故事的叙述。第二部分为“人物琐忆”，讲述了宝山近现代历史上著名人物的相关事迹。本书图文并茂，为读者展示了一个有着历史文化传承，有着生动故事、充满生活气息的宝山，也见证了上海这座城市的发展与变迁。

本书适合对上海历史感兴趣的读者阅读。

图书在版编目（CIP）数据

江畔弦歌：宝山往事集 / 唐吉慧著 . -- 上海：上海交通大学出版社，2024.11（2024.12 重印）-- ISBN 978-7-313-31786-5

Ⅰ . I267

中国国家版本馆 CIP 数据核字第 2024YX4596 号

江畔弦歌——宝山往事集

JIANGPANXIANGE BAOSHAN WANGSHIJI

著　　者：唐吉慧
出版发行：上海交通大学出版社　　地　　址：上海市番禺路 951 号
邮政编码：200030　　电　　话：021-64071208
印　　制：上海盛通时代印刷有限公司　　经　　销：全国新华书店
开　　本：880mm × 1230mm　1/32　　印　　张：8.25
字　　数：133 千字
版　　次：2024 年 11 月第 1 版　　印　　次：2024 年 12 月第 2 次印刷
书　　号：ISBN978-7-313-31786-5
定　　价：68.00 元

序

今年是中华人民共和国成立 75 周年。宝山历经沧桑后，重获新生、快速发展、日益繁荣，又将迎来新的历史使命和高质量发展的蝶变换新。处在这样大发展中的宝山人，上海市人大代表、宝山区作家协会副主席唐吉慧所著的《江畔弦歌——宝山往事集》恰逢其时。

全书分成“老城旧忆”“人物琐忆”两部分共 30 篇短文，以记人记事记物、叙事抒情等方式，配以诸多珍贵的历史图片，对于让读者记住历史、记住乡愁，启迪思考，坚定文化自信、增强家国情怀、汲取前进力量、赋能未来之城有特别的意义。

书中所述及的人物，无论是知名人士还是平民百姓，都是那样的亲切朴实、鲜活生动、情真意重。许多故事平实无华，却不断拨动人的心灵，因而感人至深。书中所述及的历史故事和名人轶事，让人们在为宝山的历史动容的同时，又触发一种使命担当的激情。

宝山的地理禀赋和人文优势，使其成为各个时期的重要社会舞台。在这里，曾经、正在、还将继续上演一幕幕情深、悲壮、精彩、震撼的历史活剧。诸多过往的人和事，演绎的是一种植根于人心深处、百姓人家和社会发展的底层逻辑：一种集体记忆，一种精神传递，一种文化传承，一种价值追求。正是从这个意义上说，在城市发展过程中，保留城市历史文化记忆、延续城市历史文脉，是极其重要的。可以毫不夸张地说，无论从物质形态上，还是精神形态上，文化都是一座城市的灵魂。

作者唐吉慧做了自己的努力，这是令人感动的。那么，我们呢？

是为序。

沙海林

2024 年 8 月

目 录

老城旧忆

人物琐忆

老城旧忆

PART ONE

原来宝山有座山

我从小生活在宝山，小时候我和小伙伴们琢磨为什么宝山没有山，于是成立了“敢死队”去寻山，从石皮街集合出发，钻小树林、闯地下室、翻垃圾站，然而毫无所获。雨后的一个黄昏，我们排成一排站上长江边的堤岸，望着无尽的江水和鸣着汽笛的轮船恍然大悟，原来宝山没有山。等长大了终于明白，原来宝山有山，在现在的高桥；原来宝山有山，是六百年前的一座小土山；原来宝山有山，它早被江水冲刷得无影无踪。不过我并不失望，我们深深热爱这一方土地，无所谓是否有山：我们在水沟里捉龙虾、在麦田里奔跑、在茄子地里套蟋蟀，也摘棉花、扒番薯、养兔子，也在校园里拍香烟牌、打玻璃弹珠、踢毽子，戴上了绿领巾、红领巾、团徽……

御制宝山碑原碑拓片

明永乐十年（1412 年）负责海运的平江伯陈瑄，在长江出口的南岸、今天浦东新区高桥镇东北 15 里处修筑了一座土山，靠着大量的士兵，不足 10 天，便完成了修建的任务。土山 300 多米见方，百米左右高，据说，当地百姓过去曾隐约见到有座山在海滨出现，修筑的土山恰是发现山影的地方，因而民间将它传说为了“宝山”。

“宝山”建成后，花竹掩映、嘉树成荫，每每旭日初升，五彩的云霞便升腾而起，描绘出一幅美丽的“宝山祥云”图。明朝人高宗本写过一首《宝山晴云》，诗中写到当年的景象：“驰驱万卒一山成，宝塔含辉云自生。隐约壶天浮瑞彩，依微海市弄新晴。从龙目骇番船客，捧日欢腾水寨兵。珍重吾皇洒宸翰，千年草木被光荣。”“宝山”上建有龙王庙、观音殿，诗中所说的“宝塔”便在龙王庙里。山上设有烽火台，白天燃烟，夜间点火，虽距海 30 里，但视野辽阔，目标显著，作为航海标志为海运提供了安全保障。明成祖朱棣深知“宝山”的重要，因为永乐二年（1404 年）吴淞江疏浚后，吴淞口成了由南向北海道运粮的起航地之一，于是在 1412 年亲自写下碑文，并命人勒石成碑，即《御制宝山碑》，宝山之名随之诞生。

然而明嘉靖年间，出现了严重的倭患，嘉靖三十五年（1556年），倭寇便登陆侵占了这座土山，作为进犯上海的巢穴。虽然朝廷调集了大量的兵力攻打，却久攻不克。危急之时，宝山黄姚里（已于清朝初年沉没）著名的“严家兵”严家兄弟老五严大邦悄悄登上山，在杀死七人后与山下的老大严大显里应外合，率军生擒百余人，其余跳海逃走，终于消灭了这群倭寇。遗憾的是宝山自古多兵灾水灾，躲过了兵灾没能避过水灾，万历十年（1582年）的大潮彻底冲毁了这座土山，所幸万历四年（1576年）时石碑移入了位于浦东的宝山老城，安然无恙地保存下来。

进入1928年，国内政局混乱，御碑因无人顾及而亭毁不堪，其时高桥为乡，有位乡人将它移入了1927年筹建的高桥公园（今属高桥中学）内。2020年岁末，我特地前往高桥中学，得到了学校领导赵文秀，以及校史馆负责人陈勇兄的热情接待，在他们带领下，得以见到了这块御碑。陈勇兄介绍说：“1985年，川沙县人民政府和高桥中学共同出资2万多元，参照明代风格，为御碑垒了土山，建了碑亭。”眼前的御碑立于碑亭中央，碑高160.5厘米，碑头高47厘米，宽94厘米，厚30厘米，中有篆书“御制”二字，两侧雕蟠龙，学校为了保护这一文物，特制了玻璃框架，透过玻璃，碑文清晰可见：

宝山。嘉定濒海之墟，当江流之会，外即沧溟，浩渺无际，凡海舶往来，最为冲要。然无大山高屿以为之表识，遇晴昼风静，舟徐而入，则安坐无虞，其或昼夜烟云晦暝，长风巨浪，帆樯迅疾，倏忽千里，舟师匆戒，瞬息差失，触坚胶浅，遄取颠踬。朕恒虑之。今年春乃命将士相地之宜，筑土山焉，以为往来之望。其趾东西各广百丈，南北如之，高三十余丈，上建烽堠，昼则举烟，夜则明火，海洋空阔，遥见千里。于是咸乐其便，不旬日而成。周围树以嘉木，间以花竹，蔚然奇观。先是未筑之前，居民恒见其地有山影，及是筑成，适在其处如民之所见者。众曰：盖有神明以相之，故其兆先见，皆称之曰“宝山”。因名其所称而不易，遂刻石以志之。诗曰：沧溟巨浸渺无垠，混含天地相吐吞。洪涛驾山巢巢奔，巨灵赑屃相嘘喷。挥霍变化朝为昏，骇神褫魄目黯瞀。苍黄拊髀孰为援，乃启兹山当海门。孤高靓秀犹昆仑，千里示表郁焞燉。永令帆济无忧屯，宝山之名万古存。勒石悠久同乾坤。永乐十年五月。

御制宝山碑立于永乐十年，距今600多年。日月几经更迭，江河几经变迁，高桥早已划归浦东新区，但宝山没有忘记这座象征着明朝海运顶峰时期的丰碑，2005年，复制高桥中学内的御制宝山碑，立于了临江公园（今淞沪抗战纪念公园）向北的土山上，并建碑亭。“宝山”虽已沉入历史，宝山定将如同御碑中所写的那样：宝山之名万古存，勒铭悠久同乾坤。

临江公园，童年的梦

一

20 世纪 80 年代末，我在团结路小学（今宝山实验小学）念书，某一个午后，当我和同学们第一次踏进临江公园，我们便深深喜欢上，从此这里成为了我们的乐园。

公园的正门对着友谊路，那时候公园是收门票的，而我们每月的零花钱有限，所以我们这些淘气鬼进入公园常常走的是后门。后门在公园东面靠近江边望江楼的地方，比正门简陋得多。一个五十好几的守门人天天坐在门房里，头上油亮得不见一根头发，矮矮的身子又圆又粗，我们猜他有五百斤，私下叫他“大胖子”。每次我和小伙伴们从后门趁大胖子看报纸，一溜烟窜进去。有一回让他逮个正着，他沉着脸问我们几年级的、哪所学校的、哪个老师教的，极其严肃地打算去告状。我们朝他做了鬼脸，撒开腿就跑，可他在后面喊："别跑了，别跑了，进来吧。"我们望着他，他张开大嘴朝我们笑了，那样子像尊弥勒佛，看来他并不那么讨厌。

"大胖子"有台小收音机，天热的时候他老光着膀子靠在一张破藤椅上，眯缝起眼睛，跟着收音机里哼黄梅戏、哼越剧、哼沪剧，有几次他请我们吃西瓜，前提要听他哼完一段戏。他把西瓜一分为二，一半切开了分成几片给我们，一半他用勺子自己挖了吃，于是他唱几句就停下挖一口西瓜塞在嘴里，再唱时溅得我们一脸口水和西瓜汁。我们不懂戏曲，觉得他如果上台去唱戏，一定丢死人。

学校在三年级开了毛笔字的课，这对大家来说很新鲜。年轻漂亮的女老师总嫌我们不够聪明，敲了无数人脑袋，提醒了无数遍逆锋起笔、中锋运笔，可我们依旧"拖地板"，写出来的字歪歪斜斜。我们时常趴在公园凉亭的凳子上描红，写完了蹲在池塘边洗毛笔，同学担心池塘脏了，会不会害死鱼？我就琢磨，古代王羲之写字把养鹅的那池水洗黑了，鹅没死，那么如果这池水被洗黑了，鱼同样是安全的，而我们就能写出漂亮的字来。

光绪年间绘孔庙建筑群

二

公园里有一座大成殿，是座老建筑，当年似乎挂着“陈化成纪念馆”的牌子。木质的大门刷了朱漆雕了花，每次去门多半锁着，我们总会好奇扒开一点点门缝，眯起小眼睛期待透过门缝发现门的另一边有些什么，然而大殿里黑压压一片，什么也望不见。

百年前孔庙建筑群中奎星阁

大成殿的门口右前方架有一门清代的大铁炮，到公园来的游客少不了抚摸几下它浑身锈迹的炮身，而我们爱骑上它当战马。由于炮身的正面前端有“镇远将军”的字样，我们就叫它将军大炮。铁炮铸造于道光二十一年（1841 年），鸦片战争时期架设在吴淞炮台上，陈化成用它打过英军，据说后来沉入长江口，90 年代时从长江里打捞而出，这让我们这群顽皮的孩子肃然起敬。

大成殿建于清朝乾隆年间，那个年代宝山的书生们活动的场所很有限，每年到了祭孔的日子，不得不赶去嘉定文庙，于是乾隆十二年（1747 年）宝山动工兴建了宝山孔庙，整个建筑花费白银 5000 两，成为当时宝山城厢规模最大、气势最为宏伟的建筑群。

孔庙建筑最初以供奉孔子塑像的大成殿为主，坐北朝南，占地有 579 平方米，建筑面积 366.7 平方米，面阔三间，进深三间，殿内雕龙贴金的巨龛中供着孔子的塑像，正位是孔子，两侧是颜子、思子、曾子、孟子等“十二哲”塑像。大殿的两旁东西廊房，各有八间，供奉着孔子的弟子和传播儒家思想的先贤牌位。殿的东北是崇圣祠，南侧为丁东门，再向南是棂星门。这扇门的东西两侧各有一座牌坊，上面分别刻着“德配天地”和“道冠古今”八个字。周围建有明伦堂和尊经阁等建筑。在棂星门东南城垣上建有能够俯视江海的奎星亭。殿前有月台，三面环立花岗石栏杆，饰浅浮雕云纹。月台前为御路、台阶，御路石雕单龙抱珠图案，两侧置石狮两对，正门前有棂星门留存下的抱鼓石一对。

从此以后，宝山的书生们再也不用凌晨起来，匆匆忙忙地赶往嘉定去祭孔了。每年仲春、仲秋的上旬丁日，鸡叫头遍过后，大成殿内外烛影摇曳，香烟缭绕，表演乐舞的童生在钟鼓声中翩翩起舞，城里的文武官员、缙绅、学子身着礼服，在知县率领下，列队徐徐而入，三跪九叩，行礼如仪，恭敬地进行着隆重的祭祀活动。

清嘉庆十年（1805年）孔庙曾有过扩充，在门外建了一座水池，水池上建奎星阁，另筑了一座土山。到光绪年间（1875—1908年），孔庙共有牌坊、棂星门、泮池、大成门、乡贤祠、名宦祠、东西庑、大成殿、崇圣祠、儒学门、尊经阁等建筑。

历经二百多年的风雨，孔庙在乾隆四十年（1775年）遭遇过一场罕见的飓风，将建筑几乎全部摧毁，直到乾隆五十八年（1793年）才得以修复。之后的1840年、1881年、1926年等年份都有过修缮，最后在1937年的“八一三”淞沪抗战中，大部分建筑被日军炸毁，只剩下这一座大成殿幸免于难。

今天的孔庙大成殿

三

临江公园初建于1956年，那年共青团中央向全国青少年发出了“青年们！把绿化祖国的任务担当起来”的号召，为此仍属江苏的宝山团委与上海北郊区（吴淞、江湾、大场合并组成）团委经过商量，决定由青年们共同参与在孔庙旧址扩建一座长江边的公园，既能使大家在建设祖国的过程中得到锻炼，又能为青少年活动提供一个合适的场所，他们将这个公园取名为“共青公园”。

六位小伙伴在友谊公园的合影
（摄于 1962 年 4 月 14 日）

没多少日子，一支以宝山和北郊团委各 7 名团干部组成的“共青公园筹建组”担起了筹建的任务，在他们的发动下，学校、工厂、农村等条线的青年纷纷有力出力、有计出计，一切自力更生。随着双方的青年大军分批进入建园工地，一面面竖立在建园工地的团旗，见证了他们用双手和热血在那个意气风发的年代垒筑起的火样青春：园内凿出了一条150米长的小河，堆起了一座20米高的土山，种下了各种花树苗木5000余株，筑小路、铺草坪、修大成殿、雕狮子、建凉亭……不到一年，一座占地15亩的公园初具了规模。

为了纪念上海和江苏这段共同建园的经历，1957年共青公园更名为"友谊公园"，宝山又筑了一条从同济路直通到公园门口的东西向马路——友谊路就这样因为"友谊公园"诞生了。由于临近长江，1962年10月，公园再次换了名字，终于成了我和小伙伴们记忆中的临江公园。

当年每次去公园都很开心，捉迷藏、爬假山、摘野果、踢球、偷鱼，什么能干的都干，玩累了看人家下棋，看人家打拳，看人家吵架，而后几个人歪着红领巾，头枕脏兮兮的书包，横排躺下看蓝天白云，数叫不上名字的鸟，一边抱怨学校的功课，嘲笑老师的八字眉，一边商量着君子协定，下次什么时候再来。转眼小学至今三十年过去，为了纪念两次淞沪抗战，公园在2015年6月更名为上海淞沪抗战纪念公园。今天，孔庙建筑群宏伟的模样只能在古人的书中见到了，但无论如何，我们在原址有了一座风景秀美的公园，这座公园丰富了一代又一代人的生活，为人们所喜爱，为人们留下了许多美好的记忆。今天，门票也早已不收了，风景比以前更美，但“大胖子”和小伙伴们一个个没了踪影，只留下公园里的那些花儿。我相信，三十年前我们在这里玩耍的时候，那些花儿一定也像今天这样盛开着，看到那些花儿，仿佛看到了我们曾经共同年少的时光，那时光里，有淡淡的泪影甜甜的笑。

那些年，那些在宝山海塘边留下的瞬间

宝山的海塘边是小时候我和小伙伴们的乐园。每次出了临江公园的后门，我们便肆意浪荡在海塘边，吹着江风，吹着牛皮，吹着泡泡糖，遇上退潮，偶尔也会爬下海塘，一脚深一脚浅地踩在泥沙里捉小螃蜞，如此安静度过了无数个无忧无虑的日子。

在我们的概念里，海塘是从盘古路东侧的尽头开始的，一直延伸到吴淞，因为盘古路的另一侧是上港十四区码头，不在我们的"领地"之内。有一回我们偷偷闯进码头，并好奇登上一艘硕大的货船，有位水手见了我们没有驱赶，竟然热情地邀我们在船上参观了一番，不过港区内太过嘈杂和拥挤，实在没有太多乐趣。

那时候，似乎是20世纪八九十年代，逢到周末休息，附近

20 世纪 90 年代宝山海塘印象
（绘图：陆军）

的居民多半会去海塘边走走，因而渐渐有了摆摊卖气球的、卖风筝的、卖泥人的、卖棉花糖的、卖雪糕冰棒的，无所不有，几乎成了一个热闹的市场，逢到五一劳动节或十一国庆节，人更多了，带着孩子去临江公园的家长，一定会去海塘边逛逛那些摊位，给孩子买上三两样小零食或小玩具，逗他们开心。记得某年国庆，听说国庆前夜的晚上 8 时海塘边有燃放烟花的庆祝表演，那天吃过晚饭，我与几位附近的同学便匆匆跑去了海塘边汇合，没想时间还早，海塘边已聚集了许多人，我们挤在人堆里，找了个能靠着身体的位置站定。待到天完全黑下来，准点 8 时，烟花果然依次升空，将夜空点缀得缤纷灿烂，观众一个个被感染，时而发出赞叹，时而鼓起掌，有一男一女两位七八十岁的老人离我们很近，互相挽着手，在默默地掉眼泪，当年我们觉得稀奇，看烟花怎么会哭，至今那画面深深印在我的记忆里。

宝山过去多水灾，历史上有记载的水灾数不胜数，如雍正十年（1732 年）七月十六日发生的水灾：“飓风海大溢，平地水高丈余，城内官署皆倾，溺死无数。十八日风雨始息，水数日乃退。阴雨连旬，禾棉浥烂……”直到雍正十二年（1734 年），胡仁济调任宝山知县，在巡视县城后发现宝山的萧条，最大的祸害是潮

中国公学游泳队在海塘边
（摄于 1922 年）

水，不制服潮水，宝山将无宁日。于是第二年开始动工修复护城土塘，不分昼夜地亲自监督，正是这次修复的土塘，抵挡住了乾隆三年（1738 年）八月十六日那次大风大雨。乾隆四年（1739 年），胡仁济呈文获准修建宝山护城石塘，护城石塘共长 1300 丈，底桩均用丈五筒木头排桩，盖顶青石，用铁锭、铁销搭扣，至乾隆八年（1743 年）建成，竣工不久，宝山遇到了一次特大潮灾，石塘外的房屋、居民全被海潮吞没，石塘内则安然无恙。

许多年以后，宝山人民为了纪念胡仁济，将这条护城石塘取名为“胡塘”，而正是因为这条“胡塘”，近百年里使宝山的海

海塘边的游人
（摄于 1928 年）

塘成为许多人的休闲观光之地。商务印书馆的创始人张元济，多次前来宝山疗养，海塘是他疗养期间常常散步的地方。复旦公学的学生饭后课余也去海塘散步，中国公学是必经之路，由于复旦的校舍简陋，中公的校舍高大雄壮，所以他们从不愿走近中公，他们认为复旦的校舍不如中公，但复旦学子读书的精神始终活跃，是绝不肯让人一步的。1921 年朱自清初到中国公学中学部任职，

海塘边游玩的吴淞时期同济大学学生
（摄于 1933 年）

即向好友俞平伯写去一封信，他向好友介绍说，这里的“黄浦江在外面日夜流着，江岸有水门汀砌成，颇美丽可走，岸尽处便是黄浦江与长江合流之处”，他喜欢这风景，期待俞平伯：“你若能来，皆大欢喜。”更有许多上海市区的居民坐着淞沪铁路前来，任江风轻拂，或临江而立，或凝眸远眺，感受烟水苍茫里的帆影笛声。

今天海塘边的面貌早已焕新，多了许多景观与建筑。前两年我前往参观上海历史博物馆，末尾在四楼的放映厅观看影片《难忘的瞬间》，影片的内容有 1960 年我国第一艘万吨货轮“东风号”在上海下水、1978 年宝钢正式动工、1995 年地铁 1 号线开通等数十年来发生在上海各个历史时期的重要画面，当屏幕出现 2011 年吴淞口国际邮轮港开港的场景时我禁不住两眼蒙上泪影。是的，我出生在宝山，在这一方土地上生活了四十多年，我热爱这里，一天天看着这片盈盈的江水上，建造起一座如此壮美恢宏的邮轮港，如何不叫人振奋。

那天黄昏，我走在邮轮港的引桥上，港口铺满了金色的晚霞，恬淡温馨。不远处几艘渔船正随着江水的波浪上下起伏，那情形真如徐志摩的诗句，它们是“一群无忧的海鸟，在黄昏的波光里息羽悠游”。忽然，那些年，那些在海塘边留下的瞬间，一一又闪现在了我的眼前。

石皮街旧事

宝山旧属江苏，数次到过宝山的曹聚仁先生在文章里说：“宝山县人士，要说他们是上海人，他们就会和你拼命。”我至今没弄明白，那会儿宝山人缘何地域情感如此强烈，以致脾气如此火爆，不过上了岁数的一些“老土地”谈到上海市区，习惯上仍然会说：“噢，到上海去啊。”

新中国成立前，宝山是个穷地方，自古吃足了战火和潮水的苦头，当地人为此生活无比艰难，十足的“穷宝山”，据说清朝时甚至少有人愿意来做县太爷。居民们大多住着低矮的平房，城厢里只有几条小街，最长的一条叫石皮街，大家往往将它念成破街。是条东西向的小街，20世纪80年代这条街还在，靠近长江口，

百年前石皮街与镇海楼

在今天友谊路与盘古路之间，东临东林路，西接西门街。

每天一早，街中心的小茶馆坐了不少老人，等着唱评书的来说新段子，孩子们吃过早饭一群群走在街上盼望着与更多的同学不期而遇，背后时常有骑自行车赶去上班的大人按响自行车铃，

“小朋友当心”，孩子们往边上躲开，眼望着自行车在高低不平的街上左右摇摆远行而去。流经石皮街的小河里有人在捉鱼虫，路过的孩子们总爱围上去凑热闹，长竹竿一头系着用细纱布制成的鱼捞，一网下去套上来的鱼虫多得又把他们吓得赶紧跑开，他们嫌弃这一堆猩红猩红的东西像块小猪肝。就这样一路说说笑笑，一天的生活开始了。

我的家在石皮街附近的新村里，有几位童年玩伴住在这条街上，他们的房子是一层或两层的小私房，一户紧挨着一户，显得拥挤破败，可我喜欢那里，每当晚上做完作业，我便跑到街上，大喊一声：“出来玩啊！”几个小脑袋纷纷从小窗探了出来，有的屋里传来声音：“敢出去，打断你的腿！”有的屋里传来声音：“别太晚回来。”就这样，哭声笑声在晚风中低回婉转。街上有家小杂货店，卖烟卖酒，卖米卖酱油，当然吸引我们的是各色零食。开店的是位六十开外的老太太，说她老是因为她脸上的皱纹简直像中药，又苦又丑。她老家常州，我们偶尔学着她的腔调说些调皮话，她听见了竖起精瘦的身子“骂”我们，力道十足，可我们不害怕，她每次“骂”完会给我们吃她煮的茶叶蛋。茶叶蛋的炉子在店门口，天天煮，汤水煮得像酱油了，又黑又咸，拨开蛋壳吃到嘴里却香得赛过百味。我小学时学会了骑自行车，有一阵天天放学借了妈妈的自行车在石皮街上撒野。有一回兴奋地从石皮街的小桥上俯冲而下，像风一样越来越快，突然前方有人从街边走了出来，我未及刹车，随后便狠狠飞出五六米，正摔在老太太茶叶蛋炉子前，老太太见了赶紧出来扶我，问我疼不疼？人小命硬，我盯着躺在不远处车轱辘使劲打着圈圈的自行车，一个劲摇头说不疼、不疼。老太太见我左手臂擦破一大片，流着血，把我扶进店里关照我好好坐下别乱动，然后取出碘酒和红药水为伤口消毒，没想碘酒上到皮肤的刹那我疼得说不出话来，老太太倒叫我坚强点，要有男人的样子，只是我虚弱地根本听不进任何话了。涂过药水，她拆开一个纱布口罩，用白纱布包扎伤口，顺口说了句："一会儿吃茶叶蛋。想吃用不着摔这么狠啊。"随即传来爽朗的笑声。我看着老太太，那么热心细心，不禁嘀咕，她好像并没那么丑，多慈祥的老人。

老太太有个儿子，我们叫他"毛毛头"叔叔，四十来岁了，也没见他讨个老婆。老太太一根筋，儿子这么大了，人前人后"毛毛头"的小名不离口，全然不顾我们这群"小不点"一旁起哄，不过在我们看来，他胖乎乎的，白白净净，真像个毛毛头。不知什么时候，街上多了条流浪来的黑毛小土狗，凶巴巴冲谁都怀着敌意，不定时晚上来扒老太太店门口安着的垃圾桶，第二天早上垃圾散落一地，“毛毛头”恨得不得了，有回碰见了抡起脚去踢它，虽然一脚没踢上，“小黑”还是吓得撒腿逃了。仅仅一个星期时间，“小黑”缓过神跑了回来，照样翻垃圾桶找东西吃，这回“毛毛头”见了可怜，干脆收养了下来，弄了个小碗每天剩饭剩菜倒给它吃，之后“小黑”再不冲人叫了，有人走近，蹦蹦跳跳尾巴摇个不停。

“毛毛头”是个养蟋蟀的行家，圆圆的蟋蟀缸堆满楼上半屋子，他家无疑成了我们儿时的一个乐园。每逢秋虫声起，杂货店门口总是挤满了人，老太太好客，不怕影响买卖，慢悠悠佝起身子和大伙儿一起争着看“大将军”们武林会战。围观的人群情鼎沸，一会儿老太太长老太太短，一会儿买烟买零食照顾她生意。老太太最高兴的是每天搬几个凳子在店门口，请路过的邻居坐下晒太阳、聊家常，她不介意我们人小，也常常愿意跟我们说说话。我们好奇地问过她的老头子，她说当年因为打仗逃难来的上海，老头子在路上病死了，连续多日高烧，只顾着逃，走不动了硬拖着身子逃，大家都在逃，到处是难民：“没办法，那时候能活着已经幸运，还是现在好。”老太太这句话说得很坦然，脸上深刻地皱纹没有一丝波澜，但之后轻轻一声叹息："那时候他多年轻。"让我依稀瞥见她眼里飘出伤感的涟漪，那么真切、那么不舍。"毛毛头"那会儿在她肚子里还没出来，新中国成立后，她一直没改嫁，颠沛流离苦了几十年，好歹在宝山安上家，过上平顺日子，她就老了，"毛毛头"就大了。

20 世纪 90 年代初，随着城厢建设，老房子拆了，小河填了，街两边连在一起建成了新的居民区，小伙伴们依然住在这里。每当夜来月下，家家掌灯，抬望曾经沉旧的院落变身璀璨的楼台，大家无不透着喜悦的神采。那些年"毛毛头"有了新房结婚了，不玩蟋蟀，盘了家面馆生意风生水起。不久"毛毛头"有了小毛毛头，老太太开开心心有人孝顺，抱着孙子越老越喜庆。现在这条街是个小集市，两边卖菜、卖水果、卖点心，有超市、理发店，和修修补补的小店，"破街"的名字没人再提及了。

前段时间我在艺术品市场买下一张老明信片，出版商是成立于 1897 年的库恩与柯默尔艺术珍玩公司（Kuhn & Komor Art Curios）。没人知道画面上的牌楼、街道和房子出自哪里，可是我清楚，这里是宝山，这里是 100 年前的石皮街。

明信片上，街道的左侧有一座三间四柱的木牌楼，牌楼正中

石皮街名信片（制作于 1902 年前后）

央悬着“报功祠”的牌匾。报功祠是光绪二十六年（1900 年）利用参将废署修建的，为了纪念造福宝山、修建石塘的县官胡仁济。穿过牌楼，再向北走一小段路，就是报功祠。不过仅仅三年，1903 年宝山著名教育家袁希涛创办了宝山县学堂（今宝山区实验小学），牌楼上的字便换为了“宝山县学堂”。

街道的尽头有一座极为气派的建筑，是建于明朝的镇海楼，又叫鼓楼，它所在的位置是宝山县城的最中央，与它相接的东南西北四条街分别延向县城“望江门”“交泰门”“通运门”“镜海门”四扇城门。镇海楼供奉着南宋名将韩世忠和他的妻子梁红玉，它的最高层是宝山最早的图书馆——通俗教育图书部，藏有图书数万册，可惜这数万册图书相继毁在了“一·二八”“八一三”两次淞沪抗战中，镇海楼也在1937年被日军炸毁了。

一次说走就走的旅行

1934 年 10 月的一个休息日，在上海市区工作的七位青年相约了一次说走就走的旅行。起初有人提议去看电影，可是没人理睬，城市的生活，整日吸着煤烟的生活已使他们厌倦，他们想了想说，去宝山吧。

一大早，没有吃早饭，一行人坐上电车从静安寺到了虹口公园，再走一些路，便到了淞沪铁路天通庵站。在候车室等了 20 分钟，火车终于驶来。当年的火车既短且小，仅有两列车厢，可乘坐 100 多人。火车经过江湾、经过吴淞，在穿过一片密密麻麻的树林后到了终点站炮台湾。车站附近有家永兴饭店，开饭店的掌柜是崇明人，能做川菜，他们来过几次，所以与掌柜并不陌生。

青年们在吴淞水产学校大门前
青年们在炮台湾火车站前

在饭店吃过早餐，他们沿着铁轨走到了吴淞水产学校。

吴淞水产学校创办于1912年，是中国早期的水产教育发源地之一（上海海洋大学前身），不过这几位年轻人没打算去水产学校逛一逛，他们在学校门前的商店里每人租了一辆自行车，七人一字排开，在学校大门前拍下了一张相片，随后向着宝山城出发了。

宝山城在炮台湾北面，前几天与宝山融媒体的朋友闲聊，我问她从炮台湾骑自行车到临江公园要多久？她说20分钟。我想换作我，沿着东林路，或许15分钟就够了，整洁平坦的水泥马路，虽然沿途车辆喧嚣、人声嘈杂，但骑行到底是便捷的。然而八十

百年前宝山城南门旧影

多年前，炮台湾通往宝山城的道路窄小崎岖，不过是一条天晴扬着土灰、天雨泛着泥泞的乡间小路。果然几位年轻人在自行车上如履薄冰，时不时有人要从车上摔下，费了足足40分钟，才到达宝山城南门之下。南门中央是吴邦珍写的“交泰门”三个大字，两旁的对联已显得模糊不清。

吴邦珍是宝山城厢人，这位出生在1883年的清末拔贡，后来留过学从过政，做过青浦、昆山等地方的县长，也做过江苏省教育厅厅长，在当时的教育界有些影响，平生最喜爱的倒是作诗作文写书法。1927年，商务印书馆为儿童文学作家陈伯吹先生出版了生平第一本书《学校生活记》，当伯吹先生翻开新书时心情久久难以平静，为新书写序的竟是自己敬仰的前辈吴邦珍。经过询问，他才清楚，原来是商务印书馆的编辑给了他这份惊喜。伯吹先生不能忘怀在宝山县学堂（今宝山实验小学）任教时，每逢星期一全校师生在大礼堂举行"周会"同唱的那首校歌，词作者正是学校的第四任校长吴邦珍："……东望扶桑臂一振，同种文明进；愿我黄帝之子孙，及今都自奋……"伯吹先生晚年曾忆及当年的情景，他说大家的"歌声既优美动听，复慷慨激昂。师生唱罢，怀着爱国兴奋的心情，列队进入各自的教室上课。老师也抱着激动报国的心情，尽心尽力地向学生授课。"

今天吴邦珍的旧居仍然矗立在友谊路4弄5号，这座仿早期岭南地区建筑风格建造的房子保存基本完好，进门左手边是紧靠着尖顶围墙的小亭子，主体是两层楼房。热爱宝山历史文化的叶敏老师记得这里是六十年前的机关幼儿园，进入小学生活前她在

宝山县学堂牌楼前的清溪

城西公园一角（摄于 1935 年 4 月 14 日）

此全托数年。由于年代久远，前些年房子整修过，好在修旧如旧，窗户、外墙、阳台等多处依然沿用着建造时的老物件。

步入南门街，登上镇海楼，每人领了一张阅览证，去图书馆的阅览室看起了报纸，但大家毕竟是来旅行的，不一会儿没了看报纸的耐心，下楼走入了石皮街，在宝山县学堂的牌楼前停了下来。

之前我写过100年前的石皮街："街道的左侧有一座三间四柱的木牌楼，孤零零竖在一片空荡的泥地里，与两旁低矮的平房相比，虽显出些雄伟，更多的仍然是沉郁和没落。"那时候牌楼上悬着的是"报功祠"，仅仅三年，随着宝山县学堂的创办，牌楼上的字换为了"宝山县学堂"。此时，三十年过去，牌楼两旁的大树郁郁葱葱参天而立，原先的破败萧条已变为生机盎然。宝山县学堂是由城中参将衙门废署改建而成的，整体建筑古朴厚重。几位青年向学校说明来意后，学校一位老师带着他们参观了教室、图书馆。参观结束，他们在牌楼前再次留下一张合影。

正对着牌楼前方有一条小溪，溪水自东向西流向城西公园。溪水清清，溪声潺潺，数只游鸭正悠然嬉戏着。城西公园是光绪二十四年（1898年）由我国地方政府建造的首座公园，原为数座未留名的古时庭园，据1912年出版《宝山县续志》记载，园内堂、榭、亭、廊等建筑林立，有“丘壑之胜”。相继成立的城市图书公会、林业试验场、县农务分会等会址都设在园内。公园东傍护城河，西靠友谊支路，南临盘古路，大致为今天宝山中西医结合医院的位置。

循着小溪，他们向东漫步在花木扶疏的林荫道上，忽然天空飘起小雨，他们躲进石皮街沿街的一家茶馆，城里的老人们领着孩子正入神听着茶馆请来的男女演员唱评弹。找了空位子坐下，堂倌问他们要不要点心？要不要来杯茶？一位青年说，每人一杯茶，每人一碗汤圆：“来宝山，怎能不吃一碗宝山汤圆。”他向同伴介绍：“宝山的汤圆，又香又糯，来了定要吃上一碗的。”

约莫半个小时，雨停了，秋日的阳光懒懒散散照在溪水里、照在树上、照在弹格路的石子间。雨滴泛起温润的银光，七位年轻人与宝山城一起沉浸在评弹悠悠扬扬的曲调里。

走，我们去宝山影剧院看电影去！

自电影开始，向来调皮的同学们便很少交头接耳，安静地在影剧院的座位上盯着大银幕。当电影的镜头推进到末尾，精神失常的母亲在“世上只有妈妈好，有妈的孩子像块宝”的歌曲里缓缓清醒，认出了跪在眼前的青年是自己的儿子小强。那一刻，母亲抚摸着儿子的脸，与儿子紧紧拥抱在一起；那一刻，坐在我边上的小牛、猴子、小琳吸着鼻子，发出抽泣的声音，随着母子俩的重逢流下热泪。接着无论调皮的、乖巧的、文静的，影剧院里的同学一个个哭成泪人，连严肃的班主任此时也躲在边上摘了眼镜偷偷抹眼睛。

那年是 1990 年，学校组织我们这群小鬼在宝山影剧院看电

宝山影剧院（摄于 1985 年）

影《妈妈再爱我一次》；那年电影的主题曲《世上只有妈妈好》唱遍大江南北；那年我们不过 12 岁，是小学四年级的学生。

友谊支路临着友谊路，在曾经宝山人称之为大转盘的东南侧原有家宝山影剧院。我是在 1986 年开始在团结路小学（今宝山实验小学）念书的，学校安排学生们看电影，或每年六一儿童节的大型活动基本都在宝山影剧院。每次从团结路出发，两个同学为一排，一个班级为一组，浩浩荡荡数百人的队伍奔向友谊支路

宝山影剧院八五年八月份排片表

电话 692355 692630

日期	1–2	3–7	8–14	15–18	19–21	22–24	25–28	29–31
星期	四 五	六 日 一 二 三	四 五 六 日 一 二 三	四 五 六 日	一 二 三	四 五 六	日 一 二 三	四 五 六
片名	彩宽故事片 干杯·女兵们	香港、西安厂合拍彩宽故事片 太极神功	彩遮故事片 峨眉飞盗	香港彩故片 蓝小龙	彩遮故事片 相会	彩遮故事片 蓝鲸紧急出动	彩遮故事片 梅山奇案	法国彩遮故片 总统轶事
场次	1:30 3:30 5:30 7:30	9:30 11:30 1:30 3:30 5:30 7:30 / 10:00 12:00 2:30 4:30 6:30 8:30	12:00 2:30 4:30 6:30 8:30 / 11:30 1:30 3:30 5:30 7:30	12:40 3:00 5:20 7:40 / 1:40 4:00 6:20 8:40	2:30 4:30 6:30 8:30	11:30 1:30 3:30 6:30 8:30	11:30 1:30 3:30 6:30 8:30	11:50 2:00 4:10 6:20 8:30
票价	0·30 0·35	0·45 0·50 学生0·35	0·30 0·35 学生0·20	0·25 0·30 学生[illegible]		0·30	0·35 学生0·20	
团售	七月二十七日		八月一日	八月十日		八月十九日		八月二十三日

内容介绍：《干杯，女兵们》反映了女兵复役期间的情况，以及复员前后以后的生活，是配合建军八五周年的故事片。《太极神功》是反映清朝朝廷忠奸两股势力的斗争，情节朴实离奇颇有吸引力，该片始终贯串太极拳之威力，武打场面令人钦佩。《峨眉飞盗》反映我公安部门为了追寻失窃瑰宝斗智斗勇与盗窃犯进行殊死搏斗，最后生擒飞盗。《蓝小龙》反映了一个香港歌女的情况，她利用一切机会与奸臣权贵们进行了一系列斗争，反映了爱国主义的气势。《相会》表现了势在必行的改革趋势，深刻揭露"左"毒的危害，使一对情人拆开，三中全会以后，拨乱反正，情侣又重新相会，喜怒哀乐，充满戏剧色彩。《蓝鲸紧急出动》描写我军某潜艇支队协助远航赤道，胜利完成对敌情的侦察任务，海底相遇烧火，水下交锋追踪。《梅山奇案》是一部情节曲折，富有悬念的影片，谁能想到情人杀情人，谁又能想到，法不徇私，亲人是亲人。《总统轶事》是描绘总统私人生活的五事，揭示了当权者的虚伪性和利用权力施展手段，接连丑闻，情节尽管是虚构的，但十分动人。主角扮演者凯瑟琳·丹妮芙曾获十项大奖。

宝山影剧院 1985 年 8 月排片表

友谊路，老师说要守秩序排好队，要安静不许喧哗，但我们一路上吵嘴说话吃话梅，十分热闹，沉浸在即将进入影剧院的亢奋之中。我印象深的是某年六一，学校排演了一些节目，其中有个歌舞表演，需要从各班抽取几位喜爱唱歌跳舞的同学，我们班有位女生郑莉，长长的头发，圆圆的脸，笑起来有两个酒窝，甜的要命，学校选中了她。演出那天，随着动感十足的迪斯科歌曲《吉米，来吧》的音乐响起，她们在舞台上翩翩起舞，我望见第二排的郑莉，起初或许紧张，面无表情，当歌曲唱到“青春时光多美妙，热情奔放多欢笑，随着节奏摆摆摇，和我一起尽情跳”的时候，她脸上的笑容绽放得像校园围墙边那片红美人蕉那么艳丽，而台下的我们纷纷立起身，不停拍手，喊她的名字。

小学同学安芝原来住在学校所在的新村里，念到初三随家人搬去了市区，她说那年暑假学校发了一张宝山影剧院的影院卡，她与要好的男生女生常常约了一起去看电影，度过了许多个疯疯癫癫的午后。虽然有一回她与小妍为了电影里一个男孩的长相是否帅气而轻声争执，嘟起嘴扭过头，继而气呼呼甩开手，让两个空着的座位断绝了两个小伙伴之间的友谊，但待到电影结束，放映大厅内明亮的灯光亮起，两人相视而笑，小手再次紧紧拉在一起，跑去了小卖部吃娃娃雪糕。

小学毕业后，三十多年来，我没有离开过宝山，没有离开过友谊支路友谊路，我的家与宝山影剧院走着不过五分钟的路。每天经过，我习惯了会瞥两眼影剧院门口那五个红色大字的招牌，“宝山影剧院”，因为那五个字里，是我和同学们一去不复返的日子、风一样的日子，而在宝山影剧院存在的数十年历史中，它更成了宝山一个个重要时期的亲历者。1988 年 1 月 21 日，国务

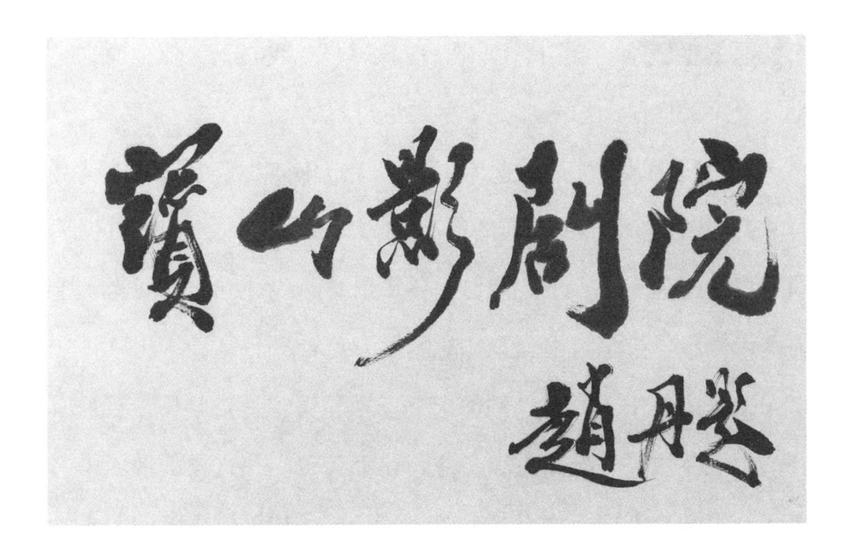

赵丹书“宝山影剧院”

院作出《关于上海市撤销宝山县和吴淞区设立宝山区的批复》，6 月 16 日，市委、市政府在宝山影剧院召开大会，传达了国务院的这份批复。同年 9 月 13 日至 18 日，宝山区第一届人民代表大会第一次会议在宝山影剧院举行，时任市委副书记吴邦国来到宝山，在开幕式上做了重要的讲话。

前些日子，我于旧书店闲逛，见到几张陈旧的宣纸，我好奇一一打开，其中一张的右上角泛着两片昏黄的水渍，正文却是几个熟悉的毛笔字，宝山影剧院，落款赵丹。我心里一惊，原来是那几个字的底稿，原来那几个字是赵丹写的。

赵丹是著名电影表演艺术家,《马路天使》《乌鸦与麻雀》《聂耳》……中国影坛不少经典的作品,都有他的身影。令人意外的是,对于书画，他竟一点不业余，是科班出身。1931 年，赵丹考入上海美术专科学校学习书画，那时的上海美专，汇聚了一批中国 20 世纪艺术界的中流砥柱，刘海粟是校长，傅雷是教务长，赵丹所在的国画系主任是黄宾虹，班主任是潘天寿。在这样的环境中，传统笔墨扎扎实实流淌在他的笔下，历练了他沉着洒脱的艺术风格，如同这幅“宝山影剧院”上所呈现的气象一般，他的夫人、著名表演艺术家、作家黄宗英曾评介书画与赵丹的关系，说：“赵丹的戏里有他的书画，他常以绘画和书法的原理及素养驾驭自己的戏，或奔或走，或举手，或投足，或顾盼，或背向，自有画意盎然，内秀其中。而他的画里有他的戏，有他的喜怒哀乐，有他毫不掩饰的疏狂豪放与敏锐细致，又矛盾又统一的性格。”

宝山影剧院初建于 1977 年，建成于 1979 年 10 月，共投资 116 万元，是当年宝山唯一一家拥有楼厅的影剧院，共有座位 1672 个，到了夏天有冷气开放，很受大家的欢迎，由此它的放映收入位居那些年宝山各电影院之首。1977 年，赵丹复出，后试镜电影《大河奔流》，1978 年，赴广西柳江写生一段日子，1979 年为宝山影剧院题写了这幅字。1980 年春节前夕，在上海电影人的一次联欢会上，赵丹在现场用一枝如椽大笔写下“奋进”二字，雄健苍茫的笔意满是赵丹燃烧的壮志。接着他披上西装，在大家的怂恿下，欢快地唱起了 20 世纪 30 年代电影《十字街头》里那首著名的插曲《春天里》，大家则跟着他一起哼“郎里格朗里格朗里格朗”，只是命运辜负了他，这年 10 月，赵丹病逝北京。

我最后一次走进宝山影剧院是 2010 年末，之后就再没去过，直到有一天，那几个红色的大字变的越来越斑驳，直到有一天，那几个红色的大字不见了，消失得悄无声息，我甚至没有一点印象，身边的朋友也没有能说得清楚的。我真想像小时候那样，和同学们说一声：“走，我们去宝山影剧院看电影去！”

过马路的纪念村牌坊

地铁 3 号线殷高西路站旁的绿地中有一座高境源广场，与人声喧嚣的站台相比，广场显得静谧安然。广场上设立着中国第一条营运铁路淞沪铁路的介绍，镌刻着 1932 年“一·二八”淞沪抗战中的英雄蔡廷锴、张治中、谢晋元以及陈毅、粟裕、蔡元培、黄炎培、陈嘉庚等历史人物的大型青铜高浮雕人物谱画卷，安置着高境镇地图；正对着广场，还有一座“高境庙纪念村”牌坊。

随着 1932 年“一·二八”淞沪抗战爆发，1 月 31 日，上海市民地方维持会成立，会长为史量才，成员有王晓籁、虞洽卿、钱新之等 66 人。黄炎培担任了秘书长职务，他以出色的组织和领导才干，为上海市民支援抗战、维持金融工商业、救济难民等后

高境庙纪念村（摄于20世纪30年代）

援工作作出了巨大的贡献。维持会自成立起，便无一日不开会，黄炎培在当年2月7日的日记中写道："大家忙碌着，办理慰劳事件，救济失业事件，各区救灾事件，登报募集国捐，收容难民事件。"

由于高境庙是战区的重心，尤其是竹园墩、夏家塘、浦西宅、

高境庙纪念村(摄于20世纪30年代)

徐家巷、孟家宅一带，战后房屋被战火毁坏殆尽，附近的百姓因此流离失所，无处栖身。为了能为灾民重建家园，已于6月更名为上海市地方协会的上海市民地方维持会筹得了60万元，将其中6万元分别用于在高境、庙行、大场、马桥捐建纪念村。“高境庙纪念村”建成于1932年10月，共有房屋132间，礼堂校舍各一所，同时建有纪念村牌坊，为“高境庙纪念村”牌坊题字的是黄炎培，1932年9月9日黄炎培的日记中有这样的记述：“写宝山纪念村诸碑”。后来庙行纪念村、大场纪念村、马桥纪念村建成，为纪念村牌坊题字的是黄炎培挚友、著名教育家沈恩孚。

“高境庙纪念村”牌坊为钢筋水泥结构，四柱三间重檐式，四根华表形圆柱四周环绕着祥云，整体高6.3米，宽8.5米，地表为4.5米，埋地下层1.8米，地下基础为南北向的矩形奠基石块，高1米。

随着时代的变迁，纪念村牌坊被长期安放在逸仙路殷高西路铁道旁的逸骅集贸市场内，虽然2003年11月20日被公布为上海宝山区不可移动文物，不过前有民宅、后临菜场，使纪念村牌坊身上经常晾晒着棉被、堆放着禽类和水产品，又被紧贴“包围”在机动车与非机动车之间，不时遭受着磕磕碰碰，杂乱不堪的现

淞沪铁路高境庙站（《时代》杂志 1937 年第 115 期）

场让纪念村牌坊濒临损毁的边缘。出于对文物保护的考虑，高境镇做了将纪念村牌坊易地保护、整体平移的打算，并在 2011 年 11 月开始了平移工程。

平移的目的地是 180 米外的一块空地，曾经的淞沪铁路高境庙站。为配合纪念村牌坊平移，空地上的广场已先行建设，即今天的高境源广场。首先遇到的难题是纪念村牌坊因年代久远，结构易被破坏，所以不能使用吊车，工程队将纪念村牌坊的地表地下连同基础层整体挖出后，以铺设轨道牵引的方法移动，然而纪念村牌坊其时毕竟历经了近八十年的风雨，逃不过历史的侵蚀与风化，自身早已产生弯曲，不能完全竖直，如果行进得过快，随时会有倒下的可能，于是只能缓慢地行进，哪怕一个小时只能行进 15 厘米，而后必须用千斤顶重新定位、调整。

180 米中，最困难的是过马路。纪念村牌坊要过的马路是双向四车道的殷高西路，这里是交通要道，白天时人流车流川流不息，为了不影响正常交通，行动选择在了半夜。那天晚上，交警部门管制了一个方向的车道后，牌坊便抓紧通过，第二天白天，牌坊终于停在了马路中央的隔离区内，由工程队看守，等待入夜，再通过马路的另一半，历经前后 4 天，牌坊终于迁移完成。

发票里的吴淞老街淞兴路

我有几位中学的友人住在淞兴路上，那时候常常与他们约了在吴淞闲荡。116 路公交车到了吴淞，先穿过几条弯弯曲曲的巷子去他们家里汇合，虽然他们家里暗暗的，木制的楼梯踩在脚下嘎吱嘎吱响，但出了家门，到了淞兴路，有百货店、南货店、饭店、绸布店、药房、照相馆……应有尽有，我们就爱图这热闹。

小曹的家靠着淞兴路路北，正对着淞兴路第一小学，小学在淞兴路上有个校门，从校门外望得见教学楼墙上写着的话："好好学习，天天向上"。小曹在这小学念了六年书，每回走近学校门口，却总爱跟我们几个玩伴调侃几句学校的坏话。学校在淞兴路东头，我们便沿着学校一路向西，直走到同济路再向回走，最

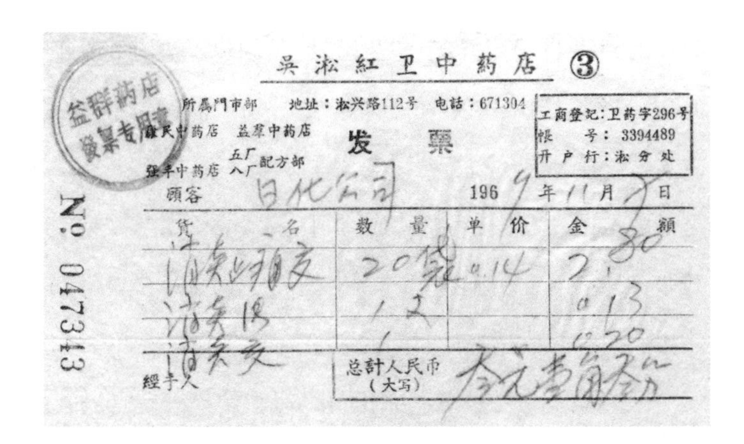

吴淞紅卫中药店 ③

所屬門市部 地址：淞兴路112号 电話：671304

工商登記：卫药字296号
帳 号：3394489
开户行：淞分处

發民中药店 益羣中药店 發丰中药店 五厂八厂配方部

发 票

№ 0473343

顧客 日化公司 196 年 11 月 日

貨名	數量	单价	金額
	20	0.14	

經手人

总計人民币（大写）

吴淞红卫中药店发票

后穿过学校，到海滨公园去，如此愉快地度过一个午后。

20 世纪 90 年代中期，吴淞老街改造，小曹家与不少邻居搬去了新建的宝山二村，我们渐渐少了联络。前几天小曹突然来消息，说他父亲这些年扔了不少老物件，前几天在一本旧书里发现几张淞兴路老店铺的发票，是当年离开后想着在淞兴路住了几十年，总要留些什么作个念想而收集的，现在老父亲觉得没用了，问我要不要，我很高兴，要了下来。

淞兴路112号是红卫中药店，原是创建于清道光五年(1825年)的“长庆福”药店，店址在淞兴路62号，1920年迁到淞兴路115号，改名“生生堂”，除经营一般药材，另有工场加工各类丸散，只可惜毁在了“八一三”淞沪抗战中。1938年在淞兴路180号重新开张，取名“谢生生堂”，新中国成立后划归淞兴路112号的宏伟中药店，并改过一段时间的名字，叫红卫中药店。

淞兴路117号是海燕照相馆，似乎是吴淞地区最有声望的照相馆，不少吴淞人都是他的老主顾。一位老吴淞人有一回聊起自己家总在“海燕照相馆”照相，她们兄弟姐妹共四人，自童年开始每两年便会在“海燕照相馆”合影拍一张相片，她与妹妹童年拍的一张相片竟作为广告在照相馆的橱窗里展出了许多日子。

淞兴路160号是合兴酒菜馆，原是建于1937年的永兴酒菜馆，酒菜馆推出的红烧鮰鱼，不仅闻名吴淞，在上海也极具盛誉，不过同样毁在了“八一三”淞沪抗战中。1938年，店里的职员黄宝初约了五位友人各自出资100元，以600元在淞兴路160号搭盖了一间简陋的房子，开始恢复经营，取合作经营、兴旺发达的意思，把酒菜馆命名为合兴酒菜馆，1940年扩大招股集资，改建了两幢砖木结构的双层楼房继续营业。新中国成立后，有一段时间改过

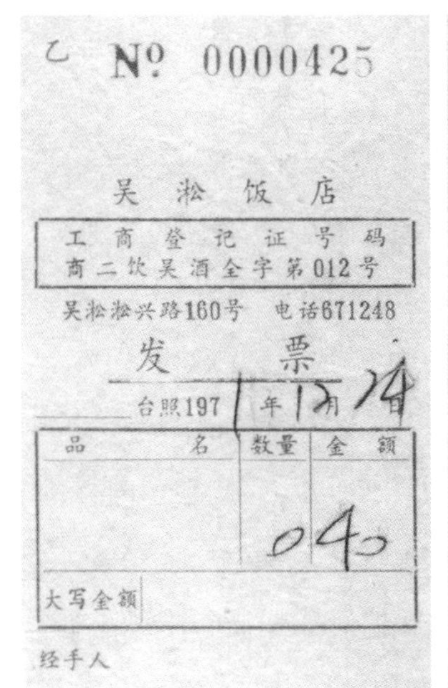
乙 № 0000425

吴淞饭店

工商登记证号码
商二饮吴酒全字第012号

吴淞淞兴路160号 电话671248

发票

台照197 年 月 日

品名	数量	金额
		0.40
大写金额		

经手人

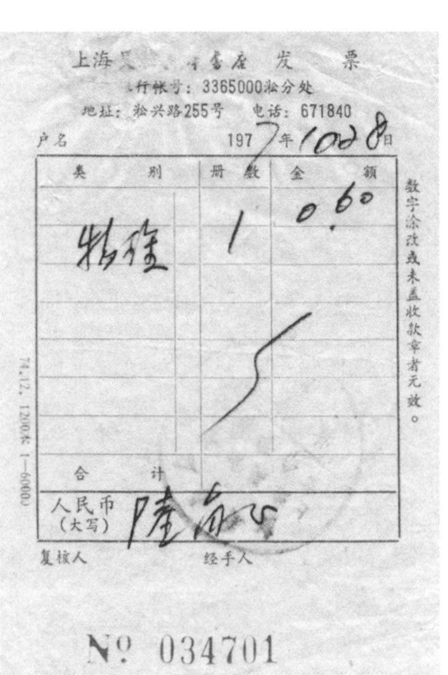
上海吴 书店 发票

行帐号：3365000淞分处

地址：淞兴路255号 电话：671840

户名 197 年 月 日

类别	册数	金额
	1	0.60
合计		
人民币（大写）		

复核人 经手人

№ 034701

数字涂改或未盖收款章者无效。

74.12. 1200本 1—6000

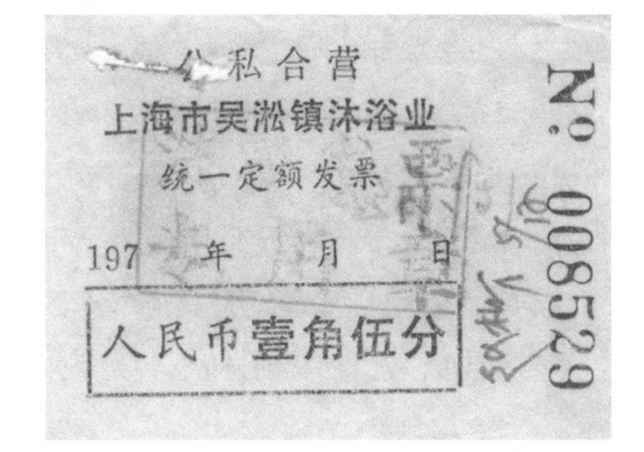
公私合营

上海市吴淞镇沐浴业

统一定额发票

197 年 月 日

人民币壹角伍分

№ 008529

吴淞饭店、吴淞新华书店、吴淞镇沐浴的发票

名字，叫吴淞饭店，1985 年，酒菜馆耗资 125 万元将原楼翻建为四层大楼，面积大增，有了一千多平方米，能容纳近千名顾客同时就餐，引得海内外食客纷纷慕名前来品尝。我的另一位同学吉明原来住在牡丹江路淞滨路口的小区里，他说小时候随父母去合兴馆吃饭，红烧鮰鱼的味道让他至今念念不忘。

淞兴路 255 号是吴淞最早的新华书店，成立于 1960 年 6 月，经营各种图书和区内中、小学教科书，很受本地百姓的喜爱。

小曹父亲说过去淞兴路上有一家“洪湖浴室”，他记不得门牌了，由于那些年一般家庭条件大多比较简陋，家中没有浴室，洗澡极为不便，夏天稍好些，到了冬天四处漏风，洗澡便成了难题。为了解决这一难题，不少人家买过塑料浴罩凑合着洗一次澡，但大家终究愿意去“洪湖浴室”。浴室里洗澡需要买票，男士大约分为一角二分、二角五分和五角不同的档次，洗完澡取一条毛巾擦干身子穿上衣服就离开的是一角二分，洗完澡师傅帮你一起擦身，让你裹上浴巾躺在沙发上休息一会儿的是二角五分，五角则在雅间可以喝上一壶茶，师傅会陆续为你递一条热毛巾。浴室在冬天人最多，到了过年前最忙，每天一早开门，洗澡往往需要排上一个多小时队，直到晚上十一、二点营业结束。小曹倒是记得与家里人去过淞兴路上的碧清池浴室，洗完澡出来顺便去淞杨楼饭店买点心。

发票里，另有淞兴路 176—178 号的益群无线电商店，淞兴路 222—226 号的新兴陶瓷杂品商店，淞兴路 252 号的吴淞交电五金化工批发站门市部，淞兴路 280 号班溪路大菜场里的班溪合作食堂，淞兴路 381—395 号的服装鞋帽公司，自然一条淞兴路何止这些商铺，有勤丰南货店、一德药房、盛泰源洋布店、汉和理发厅、小广东饭店……

淞兴路并不长，不过 800 米样子，俗称吴淞大街，已有一百多年历史，正是这一家挨着一家、鳞次栉比的商家，串起了一幅淞兴路繁华的画面，串起了淞兴路浓浓的烟火气，更串起了老吴淞人磨灭不去的曾经——小曹说，有天早晨他在家门口的摊子上吃大饼喝豆浆，店里坐满了人，住在隔壁的小学同学来买油条，他跟小学同学打了招呼，说早上一会儿去学校借他的作业看看，小学同学笑着一口答应，接着拿起老板用筷子串起的油条，拎着回家去了。

1934 年春天

1932 年秋天，一群来自浙江、四川、江苏、安徽多地的孩子考入了位于吴淞的同济大学附中，这所宝山最早的中学。

那时候附中在同济大学的校园内，校园挨着淞沪铁路的吴淞站，前面是吴淞镇，后面是绿油油的田野。有人说，考进同济读书，如同在深山老林的寺院里念经，朴素的校风甚至配不上上海的声名，因为学生们大多土头土脑，穿着廉价的工服，或一身破洞的制服，几毛钱一双的橡皮鞋在运动场上随处可见，制帽压扁了，替代的是一顶连上海街头车夫都不愿意戴的灰黑色鸭舌帽。然而“僧众”人人安分守己，爱读书、爱体育，半途而废、辍学的很少，当然身着西装革履的翩翩佳公子者也有，但在同济似乎显得格格

吴淞时期的同济大学校园

不入。

校园的生活对于这群初来的孩子来说充满了神秘感，更充满了期待。每天清晨，校河对岸茅舍里的鸡开始打鸣，生理馆的狗听见便叫了起来，同学们随即从宿舍的木板床上爬起身，经过梳洗，早饭的时间在第一堂课结束举行升旗典礼后，这会儿他们空着肚子仍然兴冲冲跑入操场，有的练腿劲，有的练打拳，有的拉铁杠，让静谧的校园顿时有了生气。一位大学部的学长曾对他们抱怨，有年冬天，海滨吹来的狂风夹着雨、夹着冰雹，教授说七点必需准时到教室，大家只得乖乖钻出温暖的被窝，哆哆嗦嗦上课去。

校内有一家广东饭店，老板兼掌勺的是胖子老莫，崇明人，却会说一口流利的广东话，出名的是两角钱的炸猪排。校门口有两家小饭馆，同学们最爱吃他们早上的榨菜肉丝面和冬天的烧青鱼。若是有人想家想得深切，半夜窝在被子里偷偷抹眼泪，第二天中午一定去广东饭店找老莫炸一块猪排，以解思乡之苦。

由于对周遭陌生，星期天他们会跟随大学部的学长们一起出游，通常沿着淞沪铁路去炮台湾，接着去宝山城内，或是吴淞镇上。

有一回，一名大学部的学长在宝山城内的汤圆店发现了汤圆

校园里的同学们

西施，另一名学长在吴淞镇上发现了馄饨西施。话一传开，同学们随着大学部的学长一起去了汤圆店、馄饨店凑热闹，于是两家店的生意愈发兴隆。一碗汤圆、一碗馄饨没有多少钱，与两位秀丽的姑娘攀谈几句让同学们十分愉快，而汤圆西施、馄饨西施知

吴淞时期同济乐际体育会

道这些学生来自同济，同样乐于与他们闲聊而不厌倦。不过没过几年，两位西施悄然不见了，同学们有些遗憾，纷纷猜测她们大约是嫁了人。

学校里，同学们陆续成立了许多组织，稚鹰篮球队、坦克篮球队、乐斯小足球队、乐济足球队、济华乒乓队等。稚鹰篮球队里有钱景伊，1936 年附中毕业升入了同济大学工学院机械系，1937 年“八一三”淞沪抗战爆发，这位热血青年弃笔从戎奔赴了

吴淞时期同济坦克篮球队

延安，改名钱文极，新中国成立后长期隐姓埋名，是我国第一代地空导弹的总设计师。钱景伊拿球稳得无以复加，同学们评价他：此公不论胜负，面上毫无表情，有冷面滑稽大师裴斯开登之风范。林仁通参加了坦克篮球队，因为生的白，外号“小白菜”，但他最擅长的竟然是扔 40 米标枪。贾彭庚、赵霖是坦克篮球队、乐斯小足球队的主力队员，贾彭庚极拼命，每每上场头上必然包一块白色的丝巾，同学们说那是他的注册商标。赵霖同样热衷摄影，

校园里的同学们

参加了一叶摄影学会，摄影学会中另有徐君宪、顾泉生、王世瑞、沈培孙等同学，他们办了一本《一叶摄影刊》的刊物放在图书馆，很受大家的欢迎。

那天是他们进入附中第二个学期，1934 年的 3 月 29 日，阳光照在校园里一片明媚、一片温暖，大礼堂门口的那对石狮子懒洋洋沉醉在了春风里，校河旁的桃树柳树早已发芽长出了嫩叶。同学们吃过午餐，聚在一起正谈论吴淞镇上万昌书店新近出版的德文参考书太贵，而他们囊中羞涩。赵霖突然打断他们的话题，

校园里的同学们

神秘地从布包里取出一架相机，他说是他父亲为他新买的柯达方箱相机，已经装上了胶卷。大家将他的相机拿在手里看了又看、摸了又摸，一一露出赞叹的神情。“走，我们拍照去！”赵霖那副黑边眼镜底下的眼睛瞬间泛出光亮。就这样，在教室里、在宿舍里、在校园里，随着赵霖一次次按下快门，一张张青春的笑脸，绽放在春日的吴淞同济大学。

无尽的荣光——吴淞中国公学

几乎每天我从这里经过，公交车晃晃悠悠由西向东行驶在水产路上，接着左转进入永清路，不久将我送到友谊路的家门口。水产路过去是常熟路，起初很短，随后延伸，它的南向、永清路西向有今天的海滨五村、六村、七村、八村， 100 多年前，却有着一所吴淞中国公学，学校经历了黄金的时代，经历了炮火的肆虐，今天早已湮灭在时光匆匆的灯影里。

闸北的天通庵路是淞沪铁路的起点站，距离炮台湾十六公里，每回梁实秋来学校教书就搭上一班小火车，虽然路轨狭窄、车厢破旧，但他觉得十分有意义，因为这是我们自己修建的第一条铁路。约莫三十分钟火车到达炮台湾，出了车站沿一条弹格路慢慢

中国公学校门

中国公学教学楼

走上十来分钟就到了中国公学。

学校占地百多亩，红砖砌成的校舍，壮丽恢宏，四周绕着小河。西边有篮球场，有数排洋房，最前一排的中间是礼堂，两旁是校长室、教务处和总务处等办公室，楼上是图书馆与教室。后几排依次是教室、宿舍。学校右边是足球场，尽头是女生宿舍“东宫”。校礼堂正面的墙上挂着七八幅大照片，中间是孙中山，两旁是革

中国公学健身房

命先烈，也全是中国公学最初的校董，梁实秋说没有一个学校既有这样辉煌的历史，又有一批声名显赫的校董：“处身于这样简朴的校舍中，不会觉得寒碜。”校园里有时迎面遇见一位风度飘逸、架着副眼镜的年轻人，手挽一个漂亮的女孩，有同学私下猜他们是情侣，边上的同学则轻轻说：“你瞧，这就是沈从文跟他的妹妹沈岳萌。”

中国公学教室

校门前架有一座小木桥，过了小木桥是传达室，老蔡是传达室的“数朝元老”，一个朴素的老实人，认识全校每一位男女同学，学生们个个对他充满敬意，他会骄傲地告诉新来的学生，“胡校长”当学生的时候，他就做传达了。

1906年夏天，16岁的胡适投考中国公学，国文题目为《言志》，马君武拿他的卷子给学校多位老师看，大家说公学得了一个好学生。进入学校，他却发现同学里多的是革命青年，同学中有的死于端方之手、有的以后死于1911年的广州起义，为黄花岗七十二烈士之一。一位同学自称姓卢，同学们遂叫他“老卢”，谁知他是熊克武。有时班上忽然少了一位同学，如任鸿隽，后来知道他去了日本学习制造炸弹；但懋辛不见了，原来与汪精卫、黄复生到北京刺杀“摄政王”去了。教员中，宋耀如是孙中山最早的同志之一，马君武、沈翔云、于右任等多人是老革命党人。公学的寄宿舍成了革命党人的旅馆，章太炎出狱后住过一段时间，戴季陶、陈其美也住过。在中国公学艰难、短暂的历史中，不仅有着自由、笃实的学术氛围，同样有着爱国的传统，五四运动、五卅运动，一次次的爱国运动从未缺席，正如马君武写的校歌：“隔岸起飘风，浪打吴淞；血湧半江红，白虹贯日中。多少少年英雄，以学为光荣，锻炼身心，胼胝手足，担天下之公。”

胡适在公学念书三年多，二十年后他才明白为什么大家那时没拉他一起干革命，但懋辛告诉他，大家开会商量过，认为他将来是个做学问的人，需要得到大家的爱护。而二十年后的 1928 年 4 月，这位大家眼里能做学问的人果然成了一名著名的学者，并回到公学接替留法数学家何鲁当了校长。那天就职典礼是马君武主持的，马君武告诉大家胡适回到母校做校长：“这是中公的光荣，也是我生平最高兴的事。”

做了校长，兼了文学院院长，胡适每星期四来校一天，上午

10 点到 12 点，他为学生们上一门“中国文化史”。他的课从来不发讲义，每回抱来五六本厚厚的参考书，如《宋元学案》、《明儒学案》、顾炎武《日知录》、梁启超的《清代学术概论》，讲到关键处熟练的翻开参考书，将摘要写在黑板上，让学生做笔记。每回他的课都热闹非凡，选课的准时上课，不选这一课的同学，甚至附近“水产”“商船”“同济”的校外生，也慕名而来听课的，把一个能容纳千余人的礼堂挤得水泄不通，连窗口也站满了人，虽然人多，全场依然鸦雀无声，听他滔滔不绝。胡适那时不过三十七八岁，夏天着西装，冬天一袭浅灰色的哔叽长袍，学生们除了听他讲课，也瞻仰这位才子满面的春风。

其余时间，他办公室的门总是敞开着，挤满了学生，学生们捧着盛满了墨汁的砚台和宣纸，一个个排队等胡校长为他们写字。胡先生来者不拒，写的内容大多是“纫春兰以为佩，餐秋菊之落英”，和他的名句“大胆的假设，小心的求证；认真的做事，严肃的做人”。他喜欢边写边与人聊聊天，有一回写完一幅字抬起头问面前的学生叫什么名字？那位学生回答：“胡不归。”胡先生说：“好名字，好名字！你一定是徽州人吧？”学生回答说是。胡先生笑着说：“姓胡的一定是我们徽州人。”随着上课的铃声

中国公学图书馆

响起，学生们轰然而散，校长室回复了宁静，胡先生办起公来。

学校不远处是炮台湾，一个海滨度假的胜地，学生们课余爱结伴去江边的堤岸散步。西北是宝山，北边的江水中有一座灯塔，一条乱石铺就的长堤沿向灯塔，潮水一来长堤便淹没了。这里就是吴淞口，长江的入海口，有宽阔浩渺的烟波，有星星点点的远帆。不知何时岸边的沙滩上有人竖起一块木牌，端端正正写了两行字：

“朋友：即使山穷水尽，也不必灰心；总会有什么办法可想，事在人为。”学生们每每经过，每每停下对着木牌、对着江天望得出神。然而炮台湾是军事重地，晚上常常戒严，几位新同学不知情，某一天，他们约了去江边，晚上看江水、早上看日出。学校每天晚上10时锁门，他们说通住在门房内的老蔡，夜半溜出了学校，直跑到炮台湾。那是个春天的晚上，月色清莹，当他们欣赏着月下泛着凌凌银光的江水时，守卫的军队一声喝住了他们。士兵见眼前站着几个衣衫不整的大孩子，问明了来意，一位山东士兵放下举起的枪，哈哈大笑：“这有什么可看的！我们在这儿一年看到头，看都看厌了！”“也没有半夜出太阳的，你们也来得太早了！”经这么一说，学生们垂了头丧了气，只能打道回了学校。但到了校门口无论如何叫不醒熟睡中的老蔡，不得已三三两两靠在小木桥的栏杆上打瞌睡。天未亮，老蔡突然醒了过来，他们急忙叫住他开了校门，各人飞似的奔回各自的寝室。

老蔡除了看门房，另开了家杂货铺。小木桥的右前方有十几幢茅屋，大多经营小餐馆和烟纸店，他的杂货铺是桥前第二家，看铺子的是他老婆。不少同学在这些小餐馆包饭，一日三餐，每月大洋五元，吃得好些八元，来了客人一时高兴添只蹄膀或加道

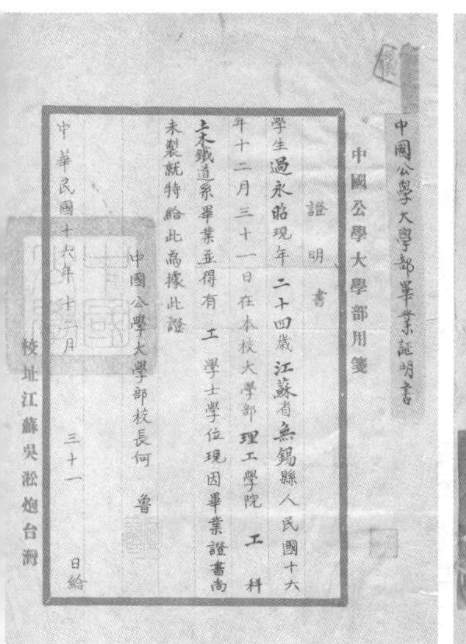

中國公學大學部畢業証明書

中國公學大學部用箋

證明書

學生過永昭現年二十四歲江蘇省無錫縣人民國十六年十二月三十一日在本校大學部理工學院工科土木鐵道系畢業並得有工學士學位現因畢業證書尚未製就特給此爲據此證

中國公學大學部校長何魯

中華民國十六年十二月三十一日給

校址江蘇吳淞炮台灣

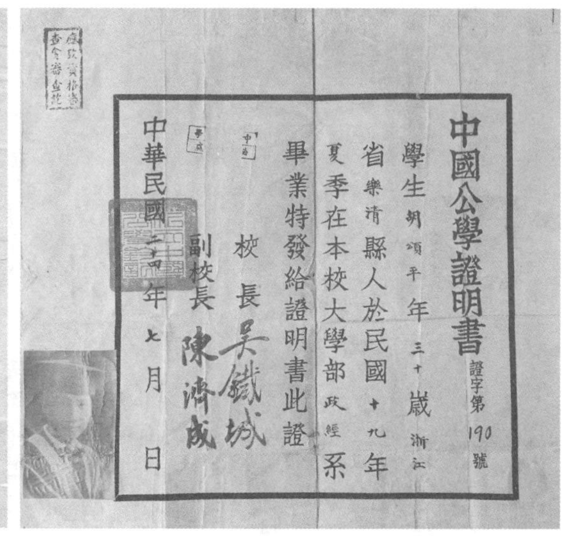

中國公學證明書 證字第190號

學生胡頌平年三十歲浙江省樂清縣人於民國十九年夏季在本校大學部政經系畢業特發給證明書此證

校長吳鐵城

副校長陳濟成

中華民國二十四年七月日

过永昭 1927 年中国公学毕业证明书

胡颂平 1930 年中国公学毕业证明书

黄鱼，仅需五毛，厨师用铁铲敲着锅子，伙计高声叫喊，生气十足，如有什么矛盾，凭老蔡一句话全部迎刃而解——到底是公学的“数朝元老”。“一·二八”淞沪抗战爆发，中国公学被日军炸成一片瓦砾，那十几幢茅屋除了老蔡那一幢完好无损，其余全部烧毁，无一幸存，同学们惊为奇迹。

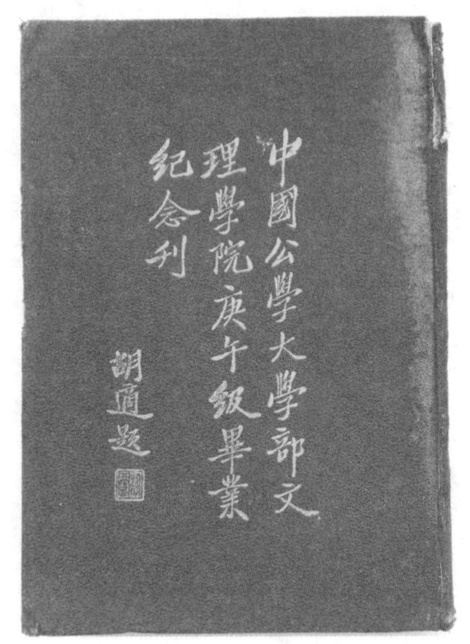

中国公学大学部文理学院 1930 级毕业纪念刊

纪念刊内胡适肖像

我有一本《中国公学大学部文理学院庚午级学生毕业纪念刊》，庚午是1930年，待到这届学生毕业，胡适离开中国公学了，走之前他送给毕业生们一句话作为礼物："不要抛弃学问。"并对他们寄予了希望："易卜生说：'你的最大责任是把你这块材料铸造成器。'学问便是铸造的工具。抛弃了学问便是毁了你们自己。再会了！你们的母校眼睁睁地要看你们十年之后成什么器。"母校，是毕业生们的母校，更是胡适念念不舍的母校，青年时学生，中年时校长，即使晚年，1962年逝世前几小时仍将编印的《中国公学校史》送给来见他的物理学家吴健雄，这位曾经中国公学数学系的女学生。

这本纪念刊同时记录下许多人的名字：蔡元培、马君武、胡适、朱经农、于右任、梁实秋、郑振铎、沈从文、陆侃如、冯沅君……这一串名字，无疑在吴淞、在宝山、在近现代史，与这所学校一起，闪耀出无尽的荣光，与无尽的记忆——纪念刊出版的五十年后，公学一位毕业生心里默默念道："吴淞江上的水波呀，什么时候我再能亲近你，有机会在你江畔小住，再沾到你微细凉爽的飞沫呢？"

日月光华，旦复旦兮——复旦大学在吴淞

复旦大学有一个学生社团“大众印社”，我在印社做过几年篆刻辅导老师。那时候每年上下两个学期，每学期十堂课，每次上课我拎着一个大包，装着印石、有印谱等工具赶去校园。社团有近二十位同学，大部分为理科生，虽然每堂课两个小时下来他们握着刻刀在石头上刻出的线条与印文稚嫩得像他们纯真的笑脸，但我并不视他们为学生，而为朋友，所以上课时彼此插科打诨无比热闹，他们也没有顾忌，愿与我、与大家分享学校生活中的各种故事。一晃我竟迎来送往好几届学生，其中不少毕业后至今与我保持着友谊，比如有颇具篆刻天赋的王近同学，2018 年曾为我编辑的《陈伯吹书信集》做过不少资料查找工作；有担任过

马相伯
（复旦大学档案馆提供）

社长、却多次请假去舞龙舞狮的晓丹同学，那年寒假前最后一堂课，她作为印社代表给我写了一封感谢信；还有每次认真上课、课后认真练习，偏在体育运动时视网膜脱落，不得不放下刻刀的轶聪同学。

近两年我去复旦的次数少了，偶尔会念及印社的同学们，念及那一个个午后步入校园的景象，这段缘分总在我心里闪着光亮，如同复旦，总在我生活的这一方土地、在宝山闪着光亮一般。

复旦公学集捐公启
（1905 年，复旦大学档案馆提供）

1905 年开春，震旦学院爆发了震惊沪上的学潮，作为院长的马相伯与教会之间就课程设置和校务管理发生激烈的冲突，由此 132 名学生中 130 名签名退学，跟随马相伯离开了震旦学院。

散了学，复校的念头一直盘算在马相伯心里，学生们的书仍是要读的，他为学生们的前途与命运担忧着。退学的学生们则组成了“沪学会”，请马相伯做会长，第一次集会他们在张园拍下了一张相片作纪念。不过没有经费、没有校舍，让马相伯陷入艰难的困境，于是他请来几位好朋友一起商量。这年5月，由严复领衔，袁希涛、萨镇冰、熊希龄、张謇、狄葆贤等28位校董具名，发表了《复旦公学集捐公启》，向社会各界募集办学资金。袁希涛是教育家、是宝山人，对宝山情形较为了解，期间他对马相伯建议吴淞有一处空了许多年的提镇行辕，不妨用来先做临时校舍。提镇行辕是江苏提督设在吴淞要塞附近的下属军务衙门，建于1877年，早已荒废。马相伯听后特意前往吴淞看了看，十分满意，他说："地方很宏广，既远城市，可以避尘嚣；又近海边可以使学生多接近海天空阔之气。"于是打了电报给两江总督周玉山，请他将这旧衙门拨给复旦，再拨些经费。周玉山很快复了电：地方照拨，开办经费汇一万两银子。

马相伯将学校命名为"复旦公学"，起初意义为"恢复传承震旦公学"，后来听从学生于右任等人提议，取《尚书大传·虞夏传》中的"日月光华，旦复旦兮"，意在自强不息、振兴中华。

经过一段时间对提镇行辕的修整，1905年9月14日，学校终于顺利在吴淞开学了。校舍虽然陈旧，规模倒不小。学校门前是一面照墙，照墙边上两根旗杆，东西两扇门，贴着门神秦叔宝和尉迟恭。进了仪门，是一个石板甬道，径直向前拾级而上经过

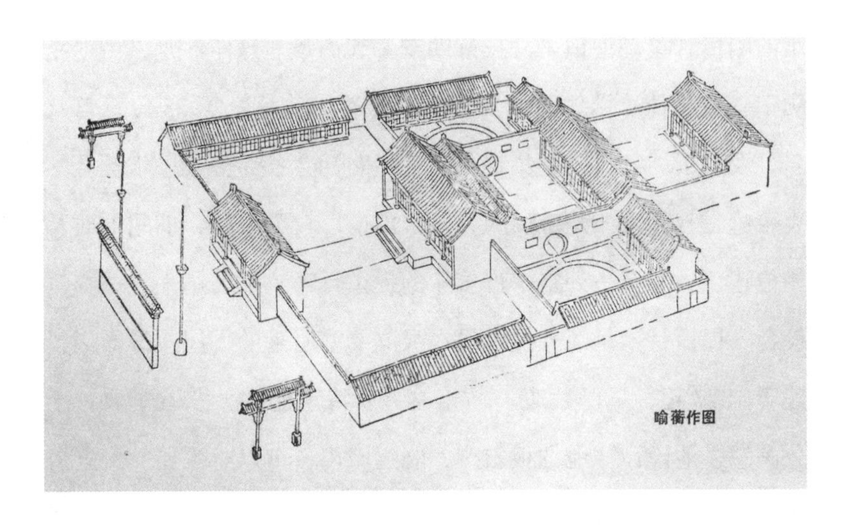

复旦公学吴淞校舍复原图
（喻蘅作，复旦大学档案馆提供）

一个平台，便到了大堂，那时用作礼堂，也就是饭堂。两庑有二三十间平屋，遥夹甬道，东西相向，做课堂、宿舍、办公室。大堂里面，前后有三进平屋，正中后进六七间，是校长室、教职员宿舍，其余都是课堂及学生宿舍。有一个化学实验室，又搭了几间板屋，做浴室、厕所、盥洗处就在各宿舍的前廊。学校屋子总数在 60 间左右，8 间讲堂，大小 21 间寝室，4 间盥洗室，2 间浴室，1 间理发室，大小 11 间教职员司事仆役寝室，1 间阅报室，大小3间理化室，1间会客室，1间厨房，2间储藏室，1间调养室，4处厕所等。只是学生宿舍不足，只够80人寄宿，学校不得不在淞沪铁路对面的吴淞怀远里另租几幢三间两厢房的石库门与几间沿着市河（今淞滨路）的房子做校外宿舍。学校门口没有火车站，不过火车司机似乎与学校有着默契，来来往往的火车经过复旦时总要探头看一看，如有人招呼，一定停下车，方便老师或同学上车下车。

公学第一任校长为马相伯，聘请了严复、萨镇冰、袁希涛、狄平子等多位社会贤达担任校董，共同管理学校。第一年除震旦学院退学的老学生报到120人，另预备招收新生60人，令人意外的是，报名多达五百多人，马相伯、严复亲自主考，上午8时至12时考汉文，学过西文的，下午2时至5时加考一次西文，最终只录取50名，其中有一位来自宝山罗店镇的朱鹤翔，几年下来毕业赴了比利时鲁汶大学留学，归国后长期在外交部任职，并担任过驻比利时公使。

学校极为重视外语教学，除语文、历史、地理及伦理外，其他学科均采用国外课本，运用外语教学。复旦校章中详细阐述了外语教学的理念：一、外国历史、地理的名称，如翻成汉文，“叶音聱牙，不便记忆”；二、外国科学、哲学、法律等名词，“一时势难遍译，不如径用西文，较为简便”；三、“世界竞争日亟，求自存者，必先知彼为。先知彼者，必通其语言文字”；四、“西籍浩繁，非迻译所能尽收”，“况泰西科学，时有新知，不识其文，末由取益，必至彼已累变，我尚懵然”。这些理念多半与严复有着重要的关联。1902 年，严复在《与 < 外交报 > 主人论教育书》中曾说过：“既治西学，自必用西文西语而后得其真”，他批驳那种认为学习外语就不爱国的论调，说：“此其见真与儿童无以异。爱国之情，根于种性，其深浅别有所系，语言文字非其因也。”

马相伯同时立下规矩，每逢星期日上午学生不准外出，由他选定多个演说题目供学生们轮流练习，并把演说必需的方法，如怎样分段，如开始怎样抓住听众，结论怎样使人对于演说获得具体的了解，学生们都很感兴趣。

第二年马相伯辞职，严复继任，1907 年，严复辞职，夏敬观继任，1909 年夏敬观辞职，高凤谦继任，1910 年高凤谦辞职，复为马相伯。1911 年，辛亥革命爆发，由于不少复旦学生参加了革命军，加上经费停发，校舍又为光复军司令部占用，学校一度停办，到 12 月中旬，在无锡士绅的支持下，学校借惠山李公祠

复旦公学章程
（1905 年，复旦大学档案馆提供）

为课堂，昭忠祠为宿舍复学了，自此复旦离开了吴淞。1905 年至 1911 年，复旦在吴淞七年，几任校长都聘请了具有真才实学、热心教育的学者担任教师或主持教务工作，先后有李登辉、袁希涛、周贻春、赵国材等，他们教学要求严格，共培养四届高等正科毕业生 57 人。有位学生回忆，他们印象深的老师有三位，一位是仪态整齐、举止健捷的李登辉，一位是头发梳得光亮、留着小胡子的平海澜，最后一位是于右任，容貌清瘦，整日穿着布大褂，国文课讲的是司马迁的《刺客列传》，这让处在君主时代的同学

復旦公學 為
給發畢業文憑事照得本校學生張 彝於
本校所定高等正科科學學竟卒業經本校
考驗取列優等相應給發文憑須至文憑者
右給畢業生張 彝
宣統元年 九月 日給
監督高鳳謙
教務長李登輝

宣统元年（1909 年）复旦公学毕业生张彝卒业文凭
（复旦大学档案馆提供）

们觉得多少有些稀奇。

2019 年，我策划了“文心灿烂 · 中国近现代学人手迹展”，大众印社一位学哲学的学生特地赶来宝山图书馆展厅，在参观中得知复旦大学最初诞生在这江海之滨时，顿时又惊讶又感动，在展厅转了好几圈，不舍离去。

百年光影里的吴淞中学

一

1936年春节刚过，1月25日，大年初二。窗外下着皑皑的大雪，校园里那几幢简朴的校舍，那几棵挺拔的松树，那一片空阔的操场，都铺上了厚厚一层洁白的积雪。学生们早已离开校园，回到各自的家中与家人欢聚，只有睿曾与几位远来的老师留在了学校。前几天睿曾带着四弟去苏州守岁，归来后连夜写下二十二首诗词，今天在宿舍里改了又改，不知不觉，窗外暗了下来。她停下手中的笔，望着改定的诗稿，向合起的手掌吹了一口热气，顿时冰冷的手心有了些暖意。

睿曾是孙睿曾，吴淞中学的国文老师，广东梅县人，自 1930

乙亥偕四弟吳門守歲詩

客座人擠暖勝春，殘冰窗外尚驕人，斜陽極目昆山塔，
小港千汊水醱醨。（車上口占）
乍覩山容喜莫支，城河寶塔影離離。不知何處寒山寺，
記得楓橋夜泊詩。（到蘇州）
玄妙觀前問命相，青年會上飲屠蘇。東風明日閶門路，
論斗胭脂定載途。
軟語吳儂瀝耳圓，春風先上頰紅鮮。攔街爭看參軍弄，
姊妹爭揮壓歲錢。
燈影車鈴夜不寒，觀前街上恣遊觀，麥芽糖餅良鄉栗，
飽啖歸來興未闌。
薄醉不堪酬別歲，重衾今夜擁姑蘇，殘燈慣引淒馨夢，
恨積如年欲共除。
歲華此度共吳趨，妻彼同濡興不孤。客夢忽從天半落，
琵琶隔巷正歌歈。（以上二十八日作）
客夢重衾偎正暖，雪花窗外不知寒。山行阻我尋幽路，
銀海茫茫歎渺漫。（除日大雪）
撲地闐闐玉作堆，載歌我欲訪蘇台。吳儂豔說豐年兆，
瑞雪飛來第四回。
剗地吳鹽富足誇，維摩睡起散天花。閶門驢背尋詩去，
指點瓊樓玉萬家。
彤雲凍合日沉沉，歲守吳門冷不禁。風雪關山行不得，
韶光轉憶故園深。
歌在斗室聲吟罷，一擲爲沽酒十千。殘雪未消春欲漏，
明朝陌上問華年。

今朝銀幕遣年華，離台悲歡姊妹花。台上哀歌台下客，
爭禁聲淚哭琵琶。（除夕蘇州戲院看姊妹花）
一碗元宵供守歲，滿街雨雪泥行人。歸來子夜燈如晝，
吟管闌珊句欲春。
涓涓冷雨可憐生，空有蘇台覽古情，一種寂寥心緒上，
更無爆竹報春聲。
明朝雞問陌頭春，草草言旋笑煞人。相約西湖來買醉，
烟花三月待良辰。
襯衫新添禦寒雪，膽瓶懷歸壯遊資。吳苑茶樓門前過，
相約未飲空相思。
姑蘇三日如新婦，吳淞三年似故鄉。走去走來六百里，
吳山雪壓空斷腸。（以上除夕作）
竟將元旦付征程，不道關山不可行，前日晴和今日雪，
去來新舊歲分明。
雪花鵝掌橫遮徑，歌管吳歈深閉門。爆竹幾家元日路，
別來眞個欲消魂。（元日早雪更大別蘇州）
客座人空煖勝春，水汀頭等信招人。窗前欲遣茫茫雪，
難買屠蘇酒醱醨。（車上口占用第一首韻）
別來情緒始纏綿，回首蘇台臥雪天：冷雨敲窗掃塵榻，
春懷如縠夢騰騫。（同遊歸後寄四弟一首

計得詩二十二首丙子元之二日脫

稿於吳淞中學雪窗下容曾自識

孙睿曾诗稿

年来到吴淞，一晃六年了，每每走入课堂，她那张圆圆的脸便满是甜蜜的笑容，一口标准的广东话夹杂着本地口音，说：“同学们我们上课了。”校长程宽正夸她行有尺度，语不苟出：“辞藻绮丽，学有渊源，而和易可亲，从不炫耀其才。教学有声有色，颇得学生之信仰。”的确，同学们喜欢她，都称她“孙大师”。

方正是1931年毕业班的同学，他清楚记得毕业前夕一个春天的傍晚，孙先生拿着半截粉笔在黑板上为大家出了一道题目，《送别》。方正伤感地写着：“地球是无情的旋转着，它决不为人们的爱惜韶光而稍为停留一刻，在这似电闪的一刹那间，1931年的春光，毕竟顺次的轮流临到……匆匆的聚，又匆匆的别，在各个人的心河中，都免不了渗进一点点像从漠漠的深秋挟来的霜样的颗粒，引起我们不少的别离情绪。本来萍水相逢，焉能常聚……”孙先生读着读着，落下了泪来，那年共有19位同学毕业，她对大家说：“愿你们19位青年，将来是国家的19支生力军。”

二

袁希涛是宝山籍著名教育家，1924年创办了吴淞中学。学校初期规模不大，条件极为艰苦，学生大多来自乡间农村，1929年

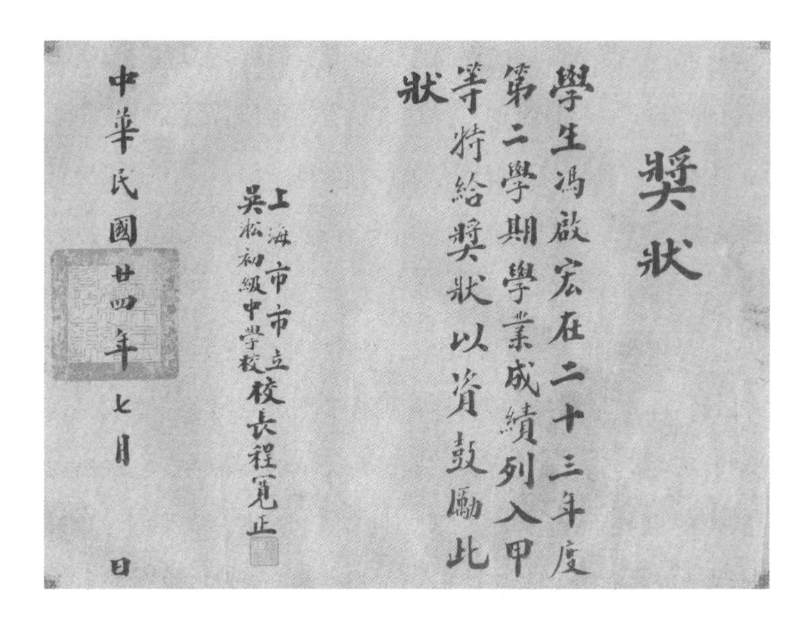

獎狀

學生馮啟宏在二十三年度
第二學期學業成績列入甲
等特給獎狀以資鼓勵此
狀

上海市市立
吳淞初級中學校校長程寬正

中華民國廿四年七月　日

校长程宽正签发学生冯启宏奖状（1935 年 7 月）

程宽正担任校长后，“艰苦”成为学校的“校训”，程宽正期待能培养学生有适应与改造艰苦困难环境的才能，树立艰苦奋斗的精神，以此推进社会的进步。学校渐渐添置了足够应用的图书、仪器；分别建立了国语、英语、数学教学研究组；规定教职员一律专职，需与学生们一起住在学校，与学生们多接触，为学生们

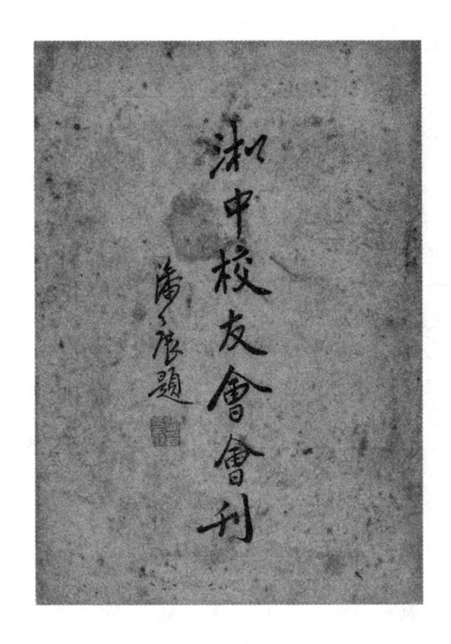

《淞中校友会会刊》1937 年 1 月 1 日出版

多指导。一年后学校随即有了显著提升，三学级添为六学级，连教育家黄炎培、市政府以及其他教育界人士也多从市区送子女来到了吴淞中学。

每天早上太阳刚刚升起，同学们早已起床在校园的树下开始温习功课，校园里树木成行，花木成畦，缠绕着 1930 年应届毕

学生平赠同学西怀相片（摄于 1936 年 5 月 19 日）
学生微波赠同学西怀相片（摄于 1935 年 3 月 29 日）

业生集资兴建的“一九亭”盘旋伸展。有棵大槐树上挂着一只铜钟，只待工友拉起系着铃铛的绳子，三声“当！当！当！”洪亮的铜钟声响彻校园的上空，是上课的时候了，同学们一一走进明亮宽敞的教室。

学校规定了女生的校服，冬天是兰士林布的旗袍、黑袜、黑球鞋，夏天是白衬衫、黑裙子，并规定统一发型，一律短发齐耳。

老师的着装多半是长衫或中山装，女教师同样短发，所有的都简简单单、朴朴素素、大大方方。

学习之余，同学们爱结伴向东走上二十多分钟，去吴淞口海滨漫步。那年八月十五中秋节，学校食堂做了月饼，每位同学一份。吃过晚饭，天色未晚，同学们带上各自的月饼，三五成群向海滨走去。那时的海滨只有一条用石块砌成的大堤，堤旁是一片片布满了野草的荒地。同学们走下堤岸，坐在江边的大石头上，互相说着话。此时微风轻拂江面，来回飘动的江水柔柔亲吻着岸边的石头。同学们立起身，极目向远处望去，天水苍茫中，有蓝色的水、绿色的波、黄色的浪，泾渭分明，犹如美术课上用的调色板，同学们称那就是“三夹水”。不一会儿，天空慢慢拉起深色的帷幕，夜空中一轮金黄的圆月伴着点点星辰，从云雾中探出头来，金黄色的光溶化在荡漾起伏的江水之中。大家吃起月饼，任凭月的清辉洒向脸庞、布满全身，久久不愿离去。

那时的吴淞聚集了许多高校，同济大学、中央大学医学院、中国公学、商船学校以及水产学校……吴淞中学仅是初级中学，彼此关系却极为融洽。同济大学的校长胡庶华、翁之龙，中央大学医学院的教务长朱恒壁，水产学校的校长冯立民等都是学校的常客，学校甚至与同济大学订立了教育合作协定，加读德文的学生们，由同济大学派教授到校上课，毕业后，初中可以免试进入同济附中，高中可以免试升入同济大学。中央大学医学院所属的吴淞卫生模范区曾帮助学校指导卫生工作，为学校的师生员工们免费防治疾病。遗憾的是，1932 年“一・二八”淞沪抗战爆发，中国公学、商船学校、水产学校三所学校的校舍被毁，中国公学就此停办，中央大学医学院校舍让给了同济附中，与水产学校一起迁入了市区，同济大学校舍同样遭到破坏，所幸战后经过修复，仍在原地开学。1937 年“八一三”淞沪抗战爆发，商船学校、同济大学与附中教学大楼全部被毁，无法开学了，不得不迁出吴淞，从此吴淞再没有那几所高校，只剩下了吴淞中学。

三

上海解放那年，过完春节，吴淞镇上陆续来了许多国民党兵，人人心里显得焦虑不安。一支国民党部队在辽沈战役中被人民解放军打得落荒而逃，残部盘踞在吴淞。学校被占据成了兵营，不得已借上海格致中学上课，对于许多本地学生而言，在上海市区没有亲戚、没有朋友，吃住皆是问题，只得无奈停学。好在没过

畢業證書

學生吳金泉係廣東省市中山縣人
現年拾伍歲在本校初中
叁年級修業期滿成績
及格准予畢業此證

上海市立吳淞中學校長王一知

一九四九年七月　日

校长王一知签发学生吴金泉毕业证书（1949 年 7 月）

多久，5 月 27 日人民解放军一举解放了大上海。当同学们回到学校，发现那两扇被撞的歪斜的大铁门上，“市立吴淞中学”六个雄浑有力的大铜字依然在阳光下闪着光亮，校园内则瓦砾成堆、杂草丛生、弹坑累累、满地垃圾、满目疮痍，可喜的是“子增图书馆”安然无恙。同学们说学校新来了校长，是从解放区派来的，欣喜若狂地奔走相告。新校长叫王一知，上任那天，同学们敲起锣打起鼓，扭起了秧歌，高唱着《解放区的天是明朗的天》《山

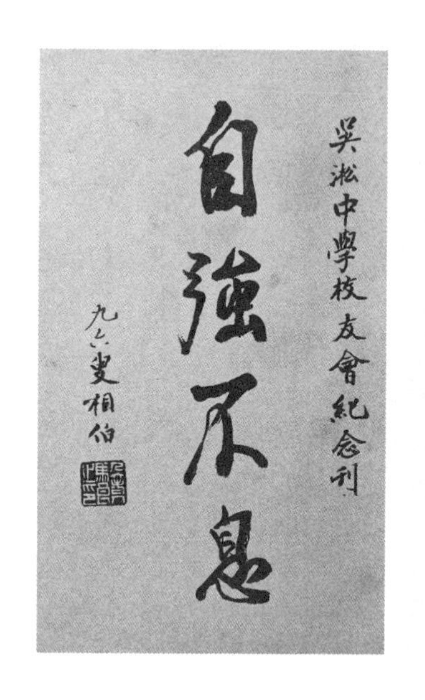

马相伯为《淞中校友会会刊》题词
苏步青题词：今日满园桃李，他年遍地英豪

那边哟好风光》等革命歌曲。新校长五十岁左右模样，两鬓已是斑白，她用一口湖南话与同学们聊天，同学们只觉得她亲切、慈祥，后来才知道，原来她是革命烈士张太雷的夫人，是一位老革命。

一知校长来到学校，在她的带领下，大家开始了整修校园，学校环境很快焕然一新，教育设施也逐步得到恢复。她提出了爱国、爱党、爱人民、爱集体的思想教育；循循善诱，培养大家艰苦奋斗、守纪律、有秩序的生活作风；在师生中提倡尊师爱生、亦师亦友、教学相长的风气，于是在全校师生的严格要求与共同努力下，学校在污泥犹未荡尽的上海滩，卓然出落得校风肃然。

1950 年一知校长接调令离开了学校，至今日 74 年了，今年 2024 年，距离 1924 年，恰也过去了百年。吴淞，这块中国近代史上战火不断的土地，有一所学校能够存续百年多不容易，正是数代人不畏困境的信念与坚守才将这学校在百年光影里晕染得荡气回肠。

今天学校紧挨着泰和路越江隧道，校门内流水清清、草木青青，在和暖的阳光下，伴着片片花红，伴着同学们嬉戏的身影、朗朗的读书声，显得生机盎然。校门外满是车来车往的繁忙嘈杂，但望一眼学校又让人无比宁静，因为那几个字，著名数学家苏步青先生 1992 年为学校题写的那几个字，“今日满园桃李，他年遍地英豪”。

国棉八厂，凝固在历史里的一米阳光

淞兴西路并不长，自东侧的淞兴路同济路口向西走完不过十来分钟的样子。过去淞兴西路是条小道，甚至在 1949 年到 1953 年间，淞兴西路被叫作厂后路，因为上海第八棉纺织厂的正门在外马路上（今淞浦路），门牌是外马路 751 号，而这条小道位于纱厂的后门，所以有了这样一个简单好记的名字。我的工作室在这条路上的半岛 1919 文创园里，而半岛 1919 文创园便由上海第八棉纺织厂在 2007 年改造而来，今天它的门牌变为了淞兴西路 258 号。

上海第八棉纺织厂又称国棉八厂，最早是建于 1919 年的大中华纱厂和 1920 年的华丰纱厂。大中华纱厂的创办人是聂其杰，

聂云台
（《环球》1917 年第 2 卷 第 4 期）

字云台，生于 1880 年，是晚清重臣曾国藩小女儿曾纪芬与洋务派代表人物、中国民族资本家聂缉椝之子。纱厂初创时，聂云台将资本总额定为 90 万两，纱锭 2000 锭，由于其时恰逢中国棉纺织工业的黄金期，又值五四运动后中国人民反帝运动随着民族资本主义的发展不断高涨，聂云台以爱国口号为号召，短短几个月便募集了 90 万两，这使他受到极大的鼓舞，因此扩大了计划规模，将资本由 90 万两扩为了 120 万两，又扩为 160 万两、200 万两，1922 年时增到了 300 万两。纱锭则由 2000 锭扩为 3000 锭，最后

大中华纱厂
(《华商纱厂联合会季刊》1922 年 3 卷 2 期)

定为了 45000 锭，待 1922 年 4 月 14 日正式建成开工，纱厂的规模随即有了第一流之称，不仅标志了聂云台企业经营的高峰，也标志了中国民族纺织资本发展的顶点，对于聂家和民族纺织工业都有重要的历史意义。华丰纱厂资本 100 万两，纱锭 15000 锭，专纺 14 支、16 支以及 20 支纱，1921 年 6 月 11 日正式建成开工，董事长为聂云台，由于聂云台投资不多，不过以董事长名义起些

永安二厂时期办公楼

（《中国大观图画年鉴》1930 年）

号召作用，纱厂的事务全由总经理王正廷负责。

大中华纱厂之后改为永安二厂、四厂，华丰纱厂改为中纺八厂，1950 年改为国棉八厂， 1958 年与永安二厂、四厂合并为国绵八厂，随后国绵八厂将华丰纱厂的位置命名为第一纺纱工场（简称一纺），永安二厂命名为第二纺纱工场（简称二纺），即半岛 1919 文创园的东区与西区。

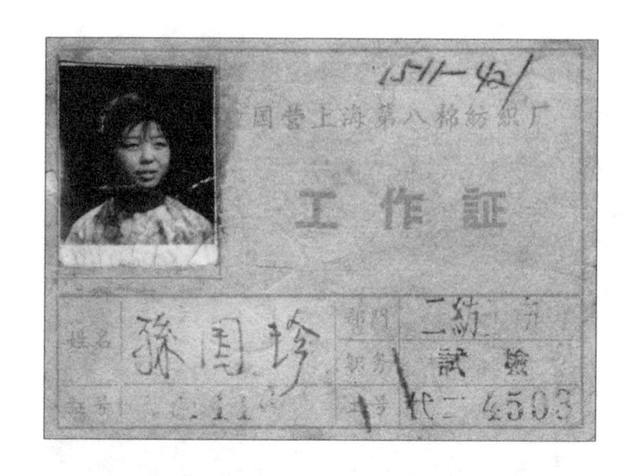

上棉第八棉纺织厂工作证

1953年国棉八厂在一纺北侧建起了职工住宅楼，一纺新工房，楼房采用砖混结构，浅黄色的墙、红色的瓦，内部是木质的门窗、楼梯与地板，虽然楼房不高，仅有三层，相对于附近大部分的老旧平房，新工房成了20世纪50年代吴淞地区居住环境和条件最好的工人新村。它的前方是一纺大礼堂，大礼堂有一个大舞台，除了开大会，节庆日也为职工们播放电影。西侧有一纺大食堂、小食堂，和淞兴西路小学、一纺幼儿园。东侧在1962年建起了周桥小学，门牌是淞兴西路101号，教学楼是一座坐北朝南的三层楼房。一纺的最东头住着几十户人家，这片区域叫作厂东村，向南些是厂后村，两个村的夹角处竖着一根高高的烟囱，是国棉八厂的标志性建筑之一，大家都管它叫大烟囱。每个月的 19 号是国棉八厂发工资的日子，由于纺织工人的工资比较高，早上天刚蒙蒙亮，从大烟囱厂东村开始一直到一纺后门，淞兴西路的马路两旁已摆满了小摊，许多小商贩特意从上海市区赶头班公交车而来，只为早些占据一个有利的位置。小商贩们备齐了针头线脑、日用百货、零头花布、儿童用品，于是吆喝声、还价声在那一天此起彼伏，直至傍晚五六点上常日班的工人全部下班才结束。一纺另有个大足球场，也称一纺大草地，每当夏夜来临，会有工作人员为大家放映露天电影。

二纺在后门处建起了二纺新工房，新工房北侧有国绵八厂子弟小学，是今天泗东小学的前身。二纺区域至今保存着不同历史时期建造的各种建筑近 30 栋，成了不止吴淞，更是宝山区域内目前最为完整的纺织工业建筑群，2023 年被列入了首批上海工业遗产名单。我的工作室在 2023 年由 5 号楼 2 楼搬入了 4 号楼 1 楼，5 号楼建于 1929 年，是当年的纺纱车间，4 号楼建于 1919 年，是当年的织布车间，5 号楼建成后与 4 号楼贯连在一起，成为当年远东地区最长的连体厂房，钢筋混凝土框架结构，屋顶、外墙的装饰带着巴洛克建筑风格的特点，既古朴厚重又充满动感与艺术气息，极具震撼力，让我十分喜爱。而最具特点的似乎是6号楼，建于1919年的四层砖木结构，浓浓的装饰派艺术建筑风格融合着中国传统建筑元素。中间有一座塔楼，四面有圆形的窗，第四层安装着一只四面单套大钟。作为过去的办公大楼，6号楼今天依然是办公大楼，入住着一家从事催化剂研发的高科技企业，将老楼催化出新的气息。而每年春天、夏天、秋天，老楼身上都肆意翻腾着枝繁叶茂的爬山虎，成为园区独特的幽雅风景。

这几个月来，每当午后我坐在工作室里品着浓郁的普洱生茶或握着毛笔创作时，总有阳光透过清澈的玻璃窗斜斜照进来，好几次我搬了椅子，闭上眼睛坐在温润的光晕里，瞬间仿佛凝固在这百年纱厂的历史里、凝固在这百年纱厂历史的那一米阳光里。

半个多世纪飘然而逝，国棉八厂不仅为中国的纺织工业发展做出巨大的贡献，同时为纺织工人们留下太多人生美好的记忆，但随着20世纪90年代纺织行业转型，以及近二三十年来城市的更新与提升，一纺及附近部分区域至2023年末已全部拆除，规划中将建成新的产业高地，二纺的百年建筑群则修旧如旧，成为时尚文化的潮流聚集地。我不禁期待，若干年后东区、西区交相辉映，这家中国棉纺织行业曾经的领军企业焕发出更为璀璨的光彩。

张庙，95 天建成了一座市街

我有位同学住在张庙的泗塘新村，学生时代我们几位要好的同学偶尔在宝山医院门口乘上公交车，约莫 40 分钟样子，到她家里聊天打牌吃零食。她家住在一楼，有时去早了她还没起床，我们就敲敲她家临街的玻璃窗，她拉开窗帘欢笑着朝我们瞪大了眼睛，大喊一声：“等着！”便披上衣服来开门了。

那时候来来回回乘坐的公交车是有着两节车厢的“巨龙车”53 路，车厢中间靠一个大转盘互相连接着，转弯的瞬间呼哧呼哧响，我们叫它手风琴。我们上、下的站头有时在泗塘新村站，有时在爱辉路站，记得那一带总是很热闹，碰上周末还有不少人摆地摊，一个挨一个，卖衣服、卖文具、卖日用品。我在卖旧货的摊位上买过旧书、旧报纸，和一枚满身包浆的小寿山石，后来知道，原

“张庙一条街”邮政明信片
（1961 年中国邮政发行）

来这里就是数十年前鼎鼎大名的张庙一条街。

长江路、长江西路是修筑于 1938 年的张庙路，不清楚为什么 1943 年后改名“大上海路”，因为上海市中心的延安东路有段时期也曾叫作“大上海路”，1960 年这条“大上海路”改为了今天的长江路、长江西路，不过民间仍然称为张庙路。长江西路上有一条西泗塘河，河上一座西新桥在 20 世纪 50 年代将张庙的工业区、生活区清晰地分隔了开来，桥东有上钢一厂、上海铁合金厂等大型冶金企业，桥西至爱辉路便是全长 700 米的张庙一条街。

1959 年时，西新桥老镇多为农田，桥边住有几十户人家。然而这年国庆节前，随着田间的庄稼被移除，西新桥旁的住户陆续搬走，坑坑洼洼的土地与数十间破屋立时一起被夷为了平地。

“听说张庙路西边要盖工人新村了。”这消息传遍了附近的工业区。工人们个个盼望着新房早日落成，可没人知道未来的工人新村会是什么样子，有些去曹杨新村参观过的人私下琢磨：“大概就是像曹杨新村那样的房子吧。”

当年主持规划建设张庙一条街的是上海市民用建筑设计院的陈植与汪定曾，陈植是参加了上海中苏友好大厦工程、鲁迅墓设计的建筑专家，汪定曾是主持并参与设计了曹杨新村、闵行一条街等上海著名地标的建筑专家，经由他们与设计院的设计师们触手生春，一份新街的设计仅仅 12 天就诞生了，紧接着 10 月 6 日，上海第一建筑工程公司一〇二工区第六大队浩浩荡荡开进了张庙路。

一分钟吊装一块钢板，24 个工人一天砌砖 48000 块，建设中的第六大队屡破行业纪录。此外，每逢周末和节假日，虹口、杨浦、闸北的千余名学生、社会青年，纷纷前来义务劳动，有的搬砖，有的推翻斗车，有的运送黄沙石子，对他们而言，体力劳动无疑是不轻松的，但在那个朝气蓬勃的年代，人人劲头十足，谁会在意那些用去的气力？就这样，一座占地 45000 平方米的市街，用时 95 天施工建造完成了。

大街的东段自西新桥入口处开始，桥堍两旁有招待所、花鸟亭、茶园，以及街心花园、假山和大片绿地。花鸟亭是民族传统形式的六角亭，以曲折的花廊与异香茶园相连，装饰的像座庭园。

街道开阔整洁，有着六根车道 50 米宽，上下水管、煤气管、电话线、路灯线等都埋入了地下，只留下一盏盏美丽的灯柱。沿街建筑的上层为公寓式住宅，底层配商业和服务用房；建筑全是平屋顶，山墙处理成了江南风格的马头墙，围墙、阳台、漏窗则形式多样，如扇面、如六角、如回纹、如云纹。街北的阳台上装了花架，每每行人路过，低头见的是绿草，抬头便能望见花朵。两处广场建有花坛、喷泉，绿化中有画廊，整个空间错落有致、虚实相生。

1960年2月24日，张庙一条街12家商店开始对外营业，后经多年发展，有了百货、日用品、五金电料、服装、食品、粮店、照相、药品、酒家、洗染等各种商店，以及邮局、银行、书店，较有影响的有巨龙百货商场、东方食品商店、春光饭店、凤凰理发店、迎春照相馆等。

从此，张庙一条街成了全国著名的工人新村“样板”，不但成为媒体焦点，纷纷出现在《人民日报》《光明日报》《新民晚报》英文版《中国建设》等媒体上，来参观学习的宾客更是不计其数，人人口中传说着“南有闵行一条街，北有张庙一条街”。

今天，由于时代的变迁、社会的发展，创建于1959年的53路公交车，在为宝山、为张庙服务了48年后的2007年成为消失的“老字号”，张庙一条街较当年则变了些许的模样，我的同学也在十多年前结婚搬离了泗塘新村，但张庙那一段段往日的景象、那一个个感人的故事，相信总会存在于一些人的记忆之中。

罗店的龙船，划呀划呀划

前段时间某一天，我在父母家里吃午饭，母亲说在菜市场买了艾草，有三束，一束是给我的，让我一会儿带回去挂在门口。“买艾草做什么？” 我问。她瞧瞧我，说：“再有两天是端午节了，往年都是我给你挂的艾草，今年你自己带回去吧。”我恍然大悟，“噢”了一声，临走却忘得一干二净。

第二天早上八点多，我赶到罗店，参加美兰湖的龙船文化节，九点，开幕式正式开始。我是罗店人，出生在罗店，桑梓多半情深，平时会较多留意罗店的人文历史，虽然听说过罗店的划龙船活动，但自我七岁离开罗店，今天倒是第一回观赏。听在场的几位老人说，罗店龙船早已有了四百多年的历史，这些年更是入选了国家

新中国成立后，1952 年罗店举行首次划龙船活动

级与市级非物质文化遗产项目。

罗店自明代起日趋繁华，商家为了招揽生意引进了龙船，未曾想到清代成为罗店的“一邑之胜”。罗店龙船的船体脱胎于罗店滩船，平底、昂首、翘尾，显得小巧玲珑，能在当地曲折狭小的河道中灵活行驶。龙头用整段樟木雕刻，呈现为“鳄嘴，虾眼，

麒麟角，口含明珠，颚下长须飘拂，遍体鳞甲叠彩”的模样。彩旗上绘有图案，“以象龙子，避蛟龙之害”。船首的“台角”原本为真人童子表演，后为安全考虑，改用了彩塑人物代替。端午划龙船活动则保留了江南古老的民俗形态，这在祭祀仪式、船体装饰和水上表演几方面体现得尤为明显。其中包含立竿、燃旺盆、出龙、点睛、接龙、砍缆等聚众共行的祭祀仪式。

“立竿”说的是早年在镇上的闹市口“大石桥（大通桥）”竖起一根竹竿，又称“立钻”，意寓昭示地方神明，是祭祀的标志，也告诉大家要划龙船了。竿顶悬挂灯笼，灯笼的数量代表了参赛街坊的数目，待“划龙船”结束后取走。“立竿”的同时进行“燃旺盆”，用青竹搭成支架，四周堆上豆萁、芝麻秆和小麦秸等点燃，借此驱避妖魔鬼怪。“出龙”说的是把平日存放在寺庙中的龙船各个部位移至水边，用布幔席棚遮蔽，在涂漆上色、布置装饰后，将龙头隆重请出。“点睛”则赋予龙船灵气，由地方最德高望重的人物来执行，虽为象征性的轻轻一点，却实现了凡物成神的转变。待龙头接上船体，即完成“接龙”，划龙船便正式拉开了帷幕。

从那时起，划龙船成为罗店端午节的重要活动。划龙船以端午正日为始，通常进行五到七天，由于前来观看的人多，那几天镇上的各家各户，不论贫富都会在自家门口放上一口大水缸，缸里盛满茶水，供大家饮用。流经罗店有一条练祁河，河边的人家每天往往需要烧好几缸茶水，仍然供不应求。清代宝山的本地人周兆渔曾有描述罗店划龙船盛况的诗句：“重午轻桡逐胜游，尖尖龙尾接龙头。水戏别作凌波舞，赢得菖蒲酒满舟。”如此的人满为患，当地的乡绅商贾随即谋划了对策，他们联络周边各个村子，组织村中的青年男女，到镇上挑一处空旷之地进行艺术表演。同时还请来戏班子，搭起舞台，开锣唱戏。清代后期，上海的地方戏沪剧已渐渐形成，罗店地区有了被称为“北头先生”的沪剧艺人，他们也成为罗店端午节庆必请的戏班子。因此，划龙船之风愈演愈烈，长盛不衰，使端午节成为仅次于春节的传统节日。

20 世纪二三十年代，罗店龙船曾先后前往上海的哈同花园、半淞园和嘉定汇龙潭等地参与当地的“划龙船”比赛。半淞园原为上海南市一座著名的营业性私家园林，1918 年建成，占地有 60 余亩，由于园内水域面积占了总面积的将近一半，所以选取杜甫《戏题王宰画山水图歌》诗中的名句“剪取吴淞半江水”来命名了这座中国传统园林。1935 年 6 月 4 日的《申报》上曾刊发过这样一则消息：“南市半淞园久负盛名、山水清雅、景物幽秀、

1947 年罗店划龙船时的情景

为上海首屈一指小西湖之称、非虚语也、本月五日、适值旧历端节、向有划龙船之举、今闻该园特聘最著名之罗店龙船、竞赛于湖心亭畔、装潢美丽、耀目增光、台阁新奇、高耸云霄、健儿活泼、各显身手……”6 月 5 日的《申报》上继续报道了这则消息：“敝公司不惜重资特聘罗店龙船，装潢艳丽，台阁新奇，高耸云霄，健儿活泼，各显身手，端阳起赛……”端节、端阳即端午，1935年6月5日正是端午节，看来那时的罗店龙船不仅声名在外，且为上海“最著名”，请来是需要“不惜重资”的。然而随着1937年“八一三”淞沪抗战爆发，这年端午举办完划龙船活动不久，罗店沦陷，划龙船活动就至此中止了，直到抗战胜利才又恢复。如今的划龙船活动已不似之前图腾崇拜或祭祀祈福的功能，不过依旧迸发出勃勃的生机，展示着当代社会下节庆类非遗的时代价值，凝聚着本土社会的情感依托。

龙船文化节上的节目安排得极为丰富，伴着鼓乐声和划手们气势高昂的号子，水面上三艘龙船互相配合、交叉往返、旋转迂回，或同向追逐、或相向穿行、或顺流竞驶、或逆水调头，惹得岸边的游人时时叫好，也让我看得极为过瘾。

活动结束，已近正午，我径直回了父母家。与他们说起上午所见所闻，说到眉飞色舞时，母亲边做菜边埋汰我没脑子，原来昨天要带走的艾草，待她发现依旧躺在厨房的水池里：“今天早上我去过你家了，挂在你家门上了。”她笑着说。

人物琐忆

PART TWO

袁希涛与百年前的同济大学

一

一月的北京，寒潮把什刹海冻上了厚厚一层冰。露天的冰场人潮熙攘，宛如喧闹的集市，有人在滑冰刀，有人在坐冰车，有人在打冰球，有人在远处的冰面打了几个洞在钓鱼，还有许多如我一样在冰上漫无目的看着风景。北风在午后冰冷地吹着，我将围巾紧紧裹住脖子，嘴里嚼着在荷花市场摊子买的糖葫芦，站在几位手拿钓竿的老北京边上看他们钓鱼，期待他们拉起的线上会有一条鱼，可他们始终毫无收获，只是不停更换着鱼饵，抱怨着抽烟的老头儿不断挑起话题。天渐渐暗下来，我舔了舔甜甜的嘴唇，离开什刹海，向东斜街走去。

二

作家杨绛的父亲是杨荫杭，1915 年杨荫杭自杭州去往北京任职，一家人便随他来到北京，住进了东斜街 25 号。房子不小，有前后两个宽敞的四合院，前院有五间北屋，五间南屋，北屋、南屋完全对称，北屋东头是两间卧房，西头又是一间卧房，中间是一间很大的客厅。起初南屋空着，杨绛一家人住北屋，不久杨绛堂姐的姨父姨母搬来住进了那五间南屋。那位姨父就是著名教育家、教育部次长、宝山人袁希涛，至此她们家门口挂上了两块门牌：无锡杨寓，宝山袁寓。

杨荫杭有六个兄弟姐妹，他排第三，最大是姐姐，第二是哥哥，哥哥的妻子与袁希涛的妻子是亲姐妹，所以杨绛随着堂姐的样称呼袁希涛夫妇姨父姨母。袁家的到来，为院子添上不少乐趣。杨绛的小弟保俶有天跑到袁家去，对袁希涛说："袁伯伯，你也姓老虎，我也姓老虎，爸爸也姓老虎，妈妈也姓老虎。"袁希涛一时没明白，过去问杨荫杭。杨荫杭想了想，对袁希涛说："你和我同庚吧？我们夫妻都属虎，这孩子也属虎。"袁希涛听了会心一笑。杨绛也常到袁家去凑热闹，她说袁大阿姨卧房的近门口处挂了一张女儿袁世庄的相片，她在国外读书。袁世庄是袁希涛的

袁希涛（《中华教育界》1936 年 12 期）

大女儿，那时在韦尔斯利学院留学，诗人徐志摩 1918 年离开北大，在国外与她见过面。他在 1919 年 8 月 16 日的日记中记录了初识这位袁家小家的印象：“袁小姐系出名门，渊源家学。我想她才出来的时候，一定是拘谨得很，就是现在也还看得出来。说她颜色，是中人之姿。但是一种娇羞朴傲之气，夹着诚恳有礼的表情，颇动人的怜敬之心。身体好像非常孱弱，也是缺点。”袁家的二小

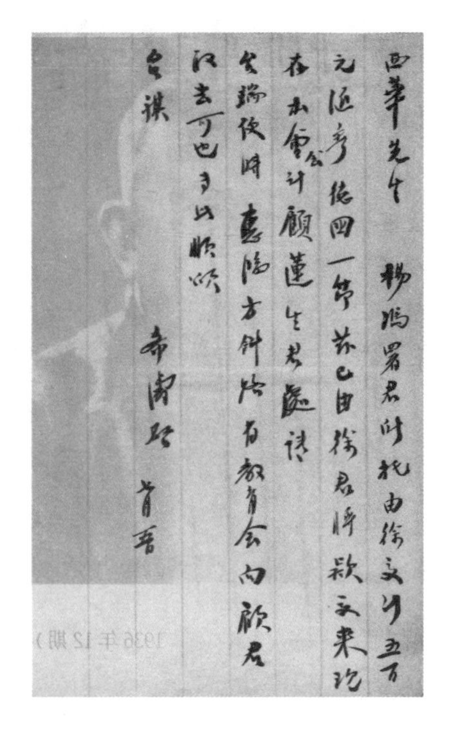

袁希涛担任江苏省教育会会长时期致友人瞿西华（宝山罗店人）书信

姐袁世芳像姐姐一样身体孱弱，所以不上学，杨绛的三姐放学回家总和袁世芳同出同进，杨绛偷偷跟在她们背后，“世芳姐姐吃了糖或陈皮梅，包糖或陈皮梅的纸随手一扔，我常偷偷捡了舔舔，知道她吃了什么。”杨绛说。

袁希涛在北京教育部任职七年，自 1912 年到 1919 年夏天以代理总长离职。1917年2月初德国实行无限制潜艇战政策，2月9日中国政府对德提出了抗议，同济作为中德两国合作的学校，命运显得扑朔迷离起来。同济华董沈恩孚、李维格焦急地给教育总长范源濂写了一封信，说同济“开创以来，卓著成效，校外附有病院，校内置有工厂，设备之精良，远非他校所能企及，业已造就医士、技士甚众，以是各省闻风负笈者日多一日，嘉惠吾国学子实非浅鲜。”然而现在人心惶惑，校中数百名学生深恐学校中止，因此希冀教育部能够“力予斡旋，保全此校”。信转到了袁希涛手中，袁希涛读后十分关切，因为同济建校初期，他便对学生们寄予了厚望：“中国之大患，曰贫曰弱，救弱莫若医，救贫莫若工。务望诸君，各求深造，以养成将来救国之人才。”他在2月28日致沈恩孚的信中说：“前昨两晚叠奉快信三通，今日与静公（注：指范源濂）商酌对于同济之事，当一面先与外交部商量略定办法（现因交涉事起，各部派一员至国务院接洽商酌一切），一面再将办法及筹拨经费之法在国务会议商酌决定。今先以大略情形函告。”接着3月1日的信中说：“信卿（注：指沈恩孚）先生鉴。昨快信计达览。今日部中与外交部员接洽商酌同济之接收办法，据云政府派员接收恐于协约国方面或滋疑义，不如由华校董管理，推延校长，而政府则设法筹费以补助之。就事势而论，较妥协也。至筹款一节，当俟商有妥法再续告。但照此办法是否可否迁出法租界，如须迁校则（一）校舍有无可借用之处，（二）迁移费须若干，均宜预为计及者也。”仅隔两天，袁希涛再给沈恩孚寄去一封信：“前晚快信计达览。同济学校事今日提出，国务会议议定应为维持，如果邦交竟至中断，可由华董设法接收。其每年所缺经费九万五千，由财政部月拨四千，并咨商苏省月拨四千，以资维持云云……” 在他的努力下，北京政府经过国务会议决定了以此方法继续维持同济，他在3月9日晚的致沈恩孚的信中说：“提议原案及议决办法今晚快邮递苏省长，转行交涉员，密与‘华董我’、公‘及李维格君’等接洽办到矣。”

正当众人以为危机已然度过之时，同济随即发生了“三一七事件”，法国巡捕房带人荷枪实弹包围了位于法租界的同济校园，强令学校解散。同济的学生们只得悲愤地离开学校，好在各方积极协调，尤其由宝山籍张嘉森的介绍，与中国公学校长梁启超商议租下了暂时停办的中国公学作为临时校舍。自3月31日起，408名学生陆续迁入中国公学，其余70余人迁往吴淞海军学校，医预科70余人迁往宝隆医院附近租用的民房。袁希涛在致同济

錢壓銀光境逼真一回
披卷墨猶新不愁織女虛
機月能絡其裳有替人
奉題
棬珊先生機絲夜月圖
寶山袁希濤

袁希涛致友人诗稿

的信中写到："观沪上法租界驱逐德人情形，则同济即使交还势不能复延德教员上课，就中国公学开课一节，自不能不早筹及，至对外以温课为名亦属妥洽。"并为同济推荐了新校长阮尚介："阮介藩现为大学专任教员，月薪似是二百八十元，如兼陆军部事更不止此，今请伊为校长，所订月薪如照部辖专门校长例则为三百元，是否已敷希就卓见所及酌定……"教育部曾派佥事沈彭年前往上海专呈处理同济华人自办、学校复校等事，他在4月9日致袁希涛的信中说："淞(注:指吴淞)校开课约十日内即可举行……"至此同济的历史得以延续——4月10日，阮尚介来到上海，4月16日，同济在吴淞正式复课。

中国公学创建于1906年，新校舍于1909年在吴淞炮台湾落成，虽然办学时间不长，中间停停办办，却是中国近代史上一所重要的私立大学。1920年中国公学将收回校舍自己使用了，1919年时，同济校长阮尚介为此事赶赴北京见袁希涛，希望能够修建自己的校舍，袁希涛自然明白其中利害。那天杨荫杭找袁希涛聊起同济，袁希涛感慨时局动荡，"五四"后对政府心灰意冷早已萌生去意，而杨荫杭同样决定南下返回无锡老家，两家遂定下同一天上火车，只是袁希涛顾虑重重："我对同济是有着很深的感情的，同济的事我放心不下，必需尽力后再走。”他对杨荫杭说。于是在任职的最后一天，袁希涛批给同济1万元，第二天袁家与杨家离开了北京，同济则用这笔钱在吴淞购置了150亩土地，而后开始筹钱建设新校舍，由此开启了在吴淞的黄金年代。同济自然没有忘记袁希涛在学校几度危难之际给予的帮助，1923至1927年间，将他聘为了学校常务校董。

袁希涛在当时的社会地位极高，却是位朴素的布衣教育家。书画家白蕉是他的一位忘年交。有回白蕉去探望受了脚伤的袁希涛，见他卧在一张藤榻上，袁希涛跷着脚，指着一张大床告诉白蕉，那是他结婚那年买的，床架子仅三千六百文，棕垫仅三元，加起来不足十块钱，陪了他40多年了，没有任何毛病，棕垫依然绷得紧紧的："现在讲起来，自然很不时髦，几百钱的铜床，当然要漂亮得多。”他说。可他不舍得买，连身上穿的衣服只有一套，从不舍得多买一套，将一生尽献给了教育。同济以外，他曾创办了太仓州属中学堂（今江苏省太仓高级中学），参与创办了宝山县学堂（今宝山实验小学）、暨南大学、东南大学、中华职业教育社等，为近代义务教育、师范教育、高等教育等做出了极大的贡献，尤其桑梓情深，他有两位弟弟，袁希濂、袁希洛，儿时他们住在宝山城厢的南门街上，后来移居吴淞再到上海市区，袁希涛仍然每周一日赶来宝山，其间徒步于各个乡镇，进行劝学。他为宝山创办或参与创办的诸多学校，因年代久远，如今竟无法搜集齐全了。

1930 年，袁希涛病逝于贝勒路（今黄陂南路）恒庆里 61 号寓所（今已拆除），数天后在宝山举行了公葬。灵柩先由马车从市区运至虬江路，继而由小汽车运至宝山公共体育场进行公祭，接着从宝山城南门交泰门进入宝山城。墓地在宝山城西侧的勤余别墅后方，占地三亩，墓廓五尺，有二丈长，六尺高。经过石皮街，在宝山县实验学堂前，校长赵序东带着全校师生在路边伤心地站着，其中几位老师手里举着大大的四个字，“门墙洒泪”。最后走出西门街，送入墓穴。那天一路上万人空巷，黄炎培、蒋维乔、潘光旦等都赶来了宝山，一个个深情纪念这位受人尊敬的老人、伟大的教育家。

没多少日子，宝山县学堂的校门口竖起了一座铜像，铜像约 50 厘米高，放在约 150 厘米高的底座上。袁希涛号弘毅，底座的前端刻着篆书“袁弘毅先生之像”。1937 年同济大学三十周年的校庆典礼上，特别举行了袁希涛和已故首任校长宝隆、工科创始人贝伦子的纪念碑揭幕仪式。很遗憾，这几座纪念碑与宝山县学堂校门口的铜像在“八一三”淞沪抗战之中被日军炸毁。直到半个多世纪后的2003年，新的一座袁希涛铜像终于又诞生，在宝山实验小学建校100周年时，为了纪念这位老校长，学校在绿草如茵的校园里举行了袁希涛铜像揭幕仪式，赭红色的大理石底座铭刻下简单又深沉的五行字：“袁希涛，字观澜，清末举人，教育家。1903年创办宝山县学堂，后创办宝山中学、吴淞中学。”

三

来到东斜街，天完全黑了下来，这一片被四面闪着光亮的高楼包围着的老四合院显得陈旧与落寞。借着昏暗的路灯，我在胡同里寻找着东斜街25号。然而从胡同口到胡同尾，从胡同尾到胡同口，来回没有寻见。遇上位上了年纪的保安，一个自小在东斜街长大的老北京，他扯开嗓子说：“噢，25号，瞧见没，那家小餐馆就是，过去的老四合院改的。”谢过保安，向着他所指的方向，我望见了那家泛着微光的小餐馆。

附：袁希涛在宝山创办或参与创办学校名录

1903年，创办宝山县学堂（今宝山实验小学）

1904年，创办学堂于杨行、吴淞、彭浦各一所

1905年，参与创办复旦公学（今复旦大学）于吴淞

1905年，创办小学30余所于宝山各乡镇

1906年，创办师范传习所（开办两届后停办）

1907年，创办中等蚕桑学堂（1908年停办）

1917年，参与同济医工学堂（今同济大学）收回自办于吴淞

1923年，将宝山县立甲种师范讲习改办为宝山县立师范学校（今宝山中学）

1924年，创办宝山县立初级中学（今吴淞中学）

……

抗日英烈冯国华手稿

自从在北京第一次见到这份冯国华的手稿，整整两个月过去，今天终于送到我的手里。

冯国华，字迈樱，1901 年出生于上海宝山城厢的一户农民家庭，由于早年丧父，靠了母亲省吃俭用才供他读上书，待到 1924 年师范毕业，他当了一名小学教师，两年后回到家乡，开始了在宝山教育局的工作。

1937 年“八一三”淞沪抗战爆发，冯国华投了笔从了戎，义无反顾地加入了抗日救国运动的队伍之中。带着诸多曾受他训练的学员为战地输送弹药、运送伤员、挖掘战壕，并召集了上海近郊各县的失业教师和失学青年 500 多人组成敌后游击队，在当

冯国华

时的上海县，以及松江、青浦一带开展游击战。1938 年 10 月 5 日，冯国华在市区“王家沙”附近的一家旅店里陪家人吃了一顿饭，未曾想这顿饭成了他与家人最后的诀别。第二天，冯国华与在松江农村打游击的某旅第一团张团长同赴松江，晚上住在泗泾石宅。深夜 12 点，约有 500 多名日伪军包围了石宅，一时枪声突起，冯国华与张团长带着游击队员奋起还击，终因众寡悬殊，弹尽援绝，除一名游击队员生还外，其余全部壮烈牺牲，冯国华时年 38 岁。第二天清晨，村民们为烈士收殓尸体，发现冯国华除枪伤外，左额被刺刀劈去，血肉一片模糊。1985 年上海市人民政府批准冯国华为革命烈士，2020 年经党中央、国务院批准，公布为著名抗日英烈、英雄。

手稿名为《论积极除奸与长期抗战》，落款“冯国华”，满满的 15 页，只念完第一页，文字里对于宝山的牵挂与哀叹，便叫人无比动容：

> 我是一个两度狼遭亡县的宝山县城里人，“一·二八”之役，在大炮飞机之下，过了五十余天的生活；这次因为职务关系，于闸北发生战事的前一天离开宝山城，至今天天留心家乡的事情，结果是人亡家破，不堪回首。
>
> 上次“一·二八”之役，名义上说是上海之战，实际完全是宝山之战，这次名义上也虽说是敌人攻打上海，实则还是攻打宝山；闸北江湾吴淞，原来本是宝山县境，其他如杨行、月浦石洞盛桥、小川沙、罗店、刘行、顾家镇、大场庙行等地，完全是宝山县境，所不同的只加多了引翔及杨树浦一带，而现在的战事重心，完全侧重在宝山县境之内，所以关于宝山的各种消息，不特吾宝

山人听了触景生情，动家国兴亡之感，就是不是宝山人听了，也觉得关于国家存亡绝绪的全面战事，桩桩件件，都是以使人关心而不忘记的。

这一页的右侧留有一行毛笔字，“殉国者之遗著”“叙关于汉奸事甚详确”，右上角有“史料”二字，落款“冯国华”下方标注了“迈樱宝山”。2020 年 12 月，我策划过一场黄炎培的手迹文献特展，所以对黄炎培的手迹极为熟悉，细细辨别，这些手迹均为黄炎培书写，“著”字“事”字与展览作品中的“著”“事”一模一样，其余文字的用笔、结构几近相同。黄炎培生于 1878 年，虽然长冯国华 23 岁，两人却有着深厚的友谊， 1932 年冯国华在担任宝山教育局局长之际，黄炎培赠予冯国华一副对联，对这位后生给予了厚望：无限青春及时奋进，当前大任来日方长。冯国华在 1935 年 6 月的刊物《社教通讯》中写有一篇《从我的身体说到民族隐忧与民族复兴》，其中说起 1930 年 8 月时，他同黄炎培等友人前往镇江桥头镇参观冷御秋办的学校：“黄先生亦是五十岁以上的人，爬山越岭，体健车轻；今年夏天至徐公桥开会，热度在百度以上，客多车少，我们一行江问渔、俞庆棠诸先生由

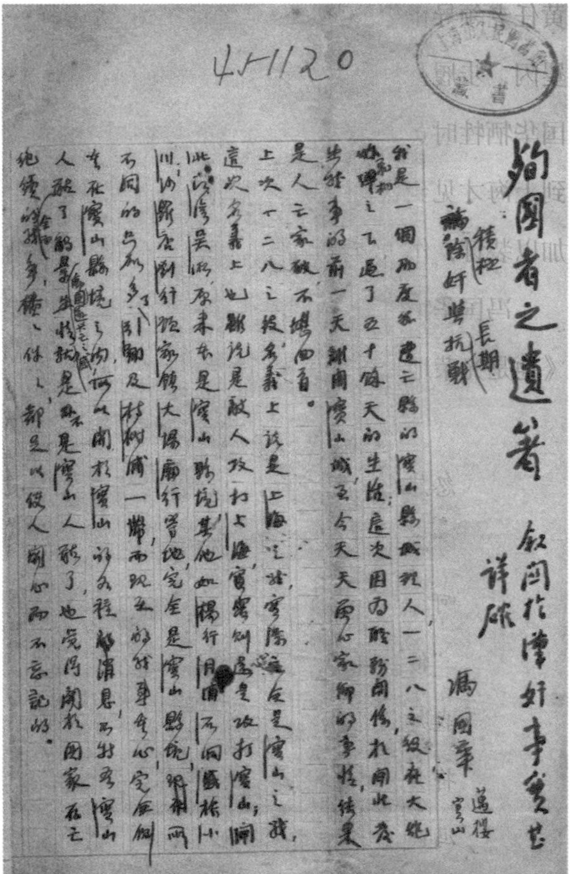

冯国华手稿首页

黄任老领导由徐公桥步行至安亭车站，虽汗涔涔下，而任老精神矍闪，步履甚健，吾们青年人，尾随其后，倒觉有些吃力。”冯国华牺牲时黄炎培正在香港前往广西梧州的船上，抗战胜利后回到上海才见到这份手稿，怀着人琴之恸，写下了那几行字，继而加以装订，作为史料收藏了起来。

冯国华牺牲后，署名“W莉”的作者写了一首悼念他的诗——《他是光荣地牺牲了》：

忽然有人来告诉我：
“冯国华死了”！
呵，我真没有勇气问下去，
“他究竟为啥事体呀”？
我知道怎样的人，
将会怎样的死，
冯国华原是我的朋友，
虽谈不上知交，
我却深深了解他；
“他是中华民族的好儿女，好战士”！

他是永远走在民众的前面，

英勇的战斗，

壮烈的牺牲，

正如北极星无比的灿烂，美丽！

现在冯国华君

他是光荣地牺牲了！

哦，鲜红的血，洒遍了原野，

象征了战斗的快慰！

据说，他是被人斫了脑袋！

呵，敌人的残酷，

正见他死的伟大！

我可这样想像吧；

他死时候，满脸闪耀着战斗的光辉！

他死时候，满脸浮现着胜利的微笑！

哦，这临难不苟的精神，

我们应该虚心的学习，

谁说冯国华君死了，喂！他并没有有死呀！

我们正坚强地踏着他的血迹前进！

中华民族优秀的儿女，

都向他致无限的敬意！

可是没有人敢宽恕他。

“他太轻视生命了！

敌人早注意他的行踪，

他却不小心提防，

正如敌人布置好牢笼，

他还拼着命冲进去”！

终于是，我们不能再见他了，

在这——血斗的世上！

接着10月22日的《申报》刊发了他牺牲的消息：“自从上海陷落，上海教育界固然出了徐韫知等败类，但是率领门徒从事游击、悍卫国土，因弹尽援绝，因以身殉国者，亦大有人在，如最近在松江泗泾力战而亡之冯国华先生，即其一也……”

《译报周刊》是“孤岛”时期中共地下党组织在上海创办的进步刊物，创办于1938年10月10日，1939年6月22日被迫停刊，虽然刊行的时间较短，却在短短的九个月里，以几百名作者的文章，传递了宣传抗战、动员民众的大量信息。作者中有领袖、有名人、有革命家，他们从不同的角度宣传了中国的抗战，同时宣传了世界反法西斯战争：有的说正面战场与敌后战场，更多的宣传了中国共产党领导的敌后战场，尤其是抗日初期艰难的敌后战场。11月的周刊，刊发了署名“雷迅”的文章：《悼冯迈樱先生》。他说：“多么诚恳又热情的迈樱先生，个子高高的，面孔方方的，那双炯炯发光又红又润表现着热烈情绪的眼睛，特别在演讲时，数述日军在中国的残暴行为，与中国民众遭难的惨状，他好像要掉下眼泪，用他的指头连续敲着黑板上写出的要点，语气非常坚定，头偏侧着似在思想，同时注视着听众的回应。他那教育家的姿态，和中华民族战士的精神，永远留在我脑海里，在我听到他殉国的消息，这种印象的波澜更加倍激荡着……”

手稿写于1937年9月25日，是全面抗战的第一年，冯国华在文末说：“这次的抗战，时间是长期的；这次的抗战，地点是全面的；这次的抗战，分子是全民的。所以凡是中华民族的人，都应当集中精神，直接间接地做抗战的工作，不仅仅是防止汉奸，或消灭汉奸已算尽抗战的能事，同时更应当积极地做抗战工作，来解放垂危的中华民族。”

城南旧影

前几天 8 月 8 日，不少朋友为自己的父亲送上了祝福，因为他们以为那天是父亲节。其实 8 月 8 日并非父亲节，我们没有正式设立过，习惯上大家将六月的第三个星期日作为父亲节，然而七十多年前的 8 月 8 日，倒真有一个“八八”父亲节。

1945 年抗战即将结束，8 月 6 日的《申报》上出现了一则联名发起父亲节的启示，时间定于每年 8 月 8 日，因八八不仅音同，连在一起又像个“父”字，所以简称为“八八”节，落款发起人分别有：史致富、袁希濂、张益渠、梅兰芳、陆干臣、陈青士、富文寿、费穆、严惠庆、严独鹤。

这十人中的袁希濂是宝山城厢人，生于 1874 年，自小生活在城厢的南门街，1889 年随家人搬去了吴淞。他有一个哥哥是教育家袁希涛，一个弟弟是追随孙中山从事革命活动的袁希洛，自己则喜爱诗书，虽然留学学的是法律专业，归国后当过检察官、当过地方父母官，最终不愿加入国民党，回到上海成了一名书法家、一名律师，并皈依印光大师，成为著名的佛教居士。1940 年，赵朴初在爱文义路（今北京西路）主持觉园净业孤儿教养院，有不少日子袁希濂便住在这家教养院里。袁希濂的书法大致取法《郑文公碑》及章草，苍劲在骨、雅秀在形，其时已卓有声望，很受大家的喜爱，他定了润例鬻字，将所得钱款悉数捐给了教养院。

1897 年秋天，袁希濂组织发起了城南文社，朋友们在一起谈诗论文，每月活动一次，地点设在诗人许幻园位于小南门外青龙桥南侧（今黄浦区青龙桥街一带）的城南草堂。1898 年“戊戌政变”后，李叔同带着家人避难上海，住在法租界法马路（今金陵东路）卜邻里，待一切安定，这年十月第一次参加了城南文社的活动，除袁希濂、许幻园、李叔同三人外，经常参加聚会的另有江湾名医蔡小香、江阴名士张小楼。由于五人年龄相仿，志趣相投，便定下了金兰之交。有一幅他们的合影，摄于 1900 年春天，那天五人在徐园小宴，兴未尽处在园内的悦来客照相馆留下了一

竹青先生法正

世事如棋讓一着不為虧我

心田似海納百川方見容人

弟袁希濂

书法对联
袁希濂书于1944年

张合影，相片上，李叔同以幼年时的名字“成蹊”题写了“天涯五友图”。

当年的城南草堂附近仍属郊区，小桥流水总有莺声不绝，草木扶疏总有花果满枝，浓浓的田园风貌。在大家的笔下，那段时光宁静而清远，李叔同有首《清平乐·赠许幻园》写得生动细微：

> 城南小住，情适闲居赋。文采风流合倾慕，闭户著书自足。　阳春常驻山家，金樽酒进胡麻。篱畔菊花未老，岭头又放梅花。

接着他们在福州路、大新街（今湖北路）口的杨柳楼台旧址创办了海上书画公会，品茶读画之余，每周编一本《书画公会报》。仅仅一年过去，李叔同考入南洋公学做了蔡元培的学生，张小楼应了扬州东文学堂之聘，袁希濂进入广方言馆就读，许幻园当了官，蔡小香忙于医务，书画会就此停歇，天涯五友就此天涯。

1928 年，李叔同回到上海，暂住在江湾永义里丰子恺家中，袁希濂、张小楼约了许幻园一同去看望老朋友。转瞬二十多年过去，蔡小香已经去世，许幻园家道衰败，落的头白耳聋、满目憔

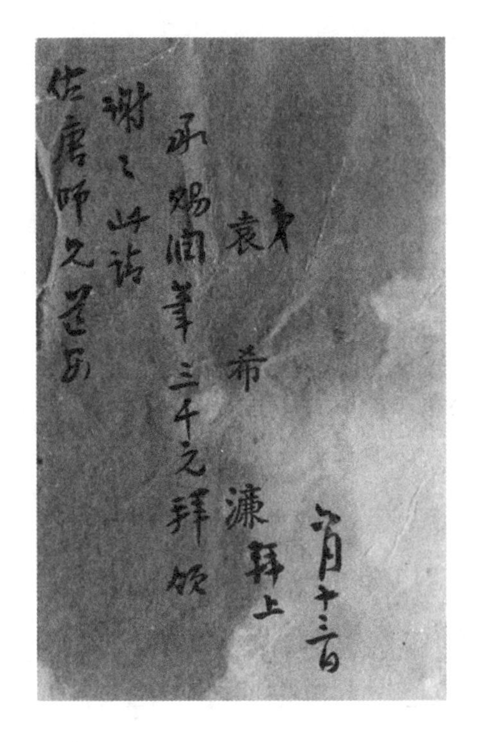

袁希濂曾用名片

悴，袁希濂做了佛教居士，李叔同在杭州剃度为僧，法号弘一。四人见面，才华出众的风流少年已然韶华逝去，唯剩下浮生一枕，相与叹息，各念前尘。他们重又摄了一桢合影，由李叔同题跋，留作了纪念。

渔行里的小老板

一

凌晨3时，忙完手上的工作仍没睡意，窝进沙发，打开了电视。手上的遥控器调了一个又一个频道，眼前突然闪现出一部黑白老电影，画面里的主人公叫小老大，正机智英勇地应对敌人的盘查，在一声“小老大，一路顺风”里，载着布匹、机器等物品的货船驶出了吴淞口。

电影是1961年由上海海燕电影制片厂拍摄的《51号兵站》，说的正是抗日战争时期，地下党运送军需物资支援苏中抗日根据地的故事。

影片《51 号兵站》中梁波罗饰演的小老大

二

1940年皖南事变发生后，中共中央军委发布了重建新四军军部的命令。1941年1月25日，新四军新军部在苏北盐城成立，随即将全军编为七个师和一个独立旅，其中，苏中部队编为新四军第一师，粟裕为师长，刘炎任政委。不久，苏中军区成立，粟裕兼军区司令员，刘炎兼政委，至此形成了苏中抗日根据地。为适应残酷的斗争环境，加强党对根据地各项工作的领导，1942年底，苏中区撤销各级军政委员会，建立了各级党委，粟裕、陈丕显分任苏中区党委正、副书记。在中共苏中区委的统一领导下，根据地的武装力量挫败了日、伪军多次大规模的“扫荡”“蚕食”和“清乡”，使苏中抗日根据地得到了巩固。

1943年夏天，新四军第一师军需科长张渭清奉粟裕指令到上海建立秘密兵站，采办制造六〇炮、八二炮所需的无缝钢管，以及无线电器材、印刷器材、西药、油墨等战略物资。

由于当时上海市区的敌特耳目众多，而吴淞距出海口近，居民稠密、商业繁庶，相较市区容易隐蔽，便成了张渭清建立兵站的理想之地。

通过苏北斗龙港洪帮“老头子”潘海鹏的介绍，张渭清以商人身份，来到了位于紧靠着黄浦江边的吴淞镇同兴路（后更名同江路）24 号——宝丰渔行，与渔行老板蒋永清取得了联系。宝丰渔行是吴淞镇上三大名行之一，蒋永清为人喜欢喝酒，交些江湖朋友，因此在当地人头极为熟络。他见张渭清的生意大，人又机警灵活，善于打交道，颇为赏识，就让他在宝丰渔行当了“小老板”（代理人），虽然后来略微知道一点小老板与“北边老四（新四军）”有关系，也毫不介意。至此，新四军第一师兼苏中军区上海地下采办组的秘密联络点，在宝丰鱼行扎下了根。

1944 年初夏，张渭清采办了一批无缝钢管，并通过江南造船厂的地下党员协助加工了一批迫击炮筒和炮座等十余吨物资需要紧急运往苏中根据地。为了顺利通行，张渭清买通了伪海防大队长胡老九，托伪海军司令的联络官买来一张出口证明，继而假装走私贩子，通过日本电讯株式会社的朝鲜籍驾驶员，得到了敌海军部的给养车和伪海防团的哨船。

起运当天，下午 2 点由市区发车，混过沿途岗哨，来到了吴淞蕰藻浜边。按计划车一到立即装船，趁 4 点涨潮时出海，不料正在装船时，被突来查关的日籍海关关员发现。胡老九吓得面色苍白，喊了声“萝卜头来了”，就找了去拿出口证明的借口溜之

同江路 24 号宝丰渔行旧址

（同江路今已拆除，大致位于吴淞开埠广场西侧近淞浦路）

大吉。张渭清镇定地向自己人发出暗号，让他们撤离，自己抢上一步同日本人交涉。日本人一边盘问一边跨上船来要动手检查。张渭清急中生智，迅速拿出证件说："我有皇军的派司。"那个关员见他身穿派力司长衫，气宇轩昂，似乎有着非同一般的背景，就犹豫着离开了。张渭清松下一口气，向赶来的蒋永清说："日本大班应付过去了，还要提防再来查关……"话未说完，敌人的汽艇突然出现在了江上，一直驶到哨船边，系上缆绳就将哨船向海关码头拖去，准备第二天由宪兵队来验船。

张渭清不忍大事功亏一篑，当机立断向海关闯去。来到海关已是晚上6时，日本关员下班了，剩下几个伪关员懒懒地对他说："东洋先生拖的船，我们管不了。光棍不断财神路，你不识相，连香烟钱也不开销。"张渭清听出话里的意思，立即开价"讲斤头"，许以20根金条（200两黄金），伪关员这才默许晚上让他"偷关"。

张渭清回到宝丰渔行，让蒋永清雇了一条"接鲜船"，船上安排上几名可靠的工人。布置完毕，他火速回到市区提钱。晚上11点，他乘中华出租汽车公司专供日本军官坐的小轿车，插上红色校官旗，闯过大柏树哨卡，赶回吴淞，此时蒋永清已带人守候在了江边。张渭清又来到海关，伪关员拿到钱，答应以手电亮三下为报警信号，并监视日本人动向。

半夜 12 点，偷关开始。附近就是日本宪兵队驻地，张渭清、蒋永清和工人们借着夜色的掩护，将货物从被扣的船上转移到了“接鲜船”上。凌晨4点，只见海关楼上有手电打出三下明亮的光线，这时除一部笨重的车床外，其余物资已全部转移，张渭清一声令下，“接鲜船”立即启碇。

三

不知不觉这会儿也凌晨 4 点了，我还是毫无睡意。关上电视，眼前隐约浮现出了当年那一幕情景——

望着船顺利地驶出吴淞口，在江心扯起风帆，直向苏中根据地驶去，张渭清、蒋永清终于兴奋地离开了江边。

时间的痕迹

一

我小心触摸着周有光先生生前这只上海牌手表，虽然它早已停止了转动。手表是 20 世纪 70 年代张允和在北京前门商业大厦为周老购买的，四十年了，定格的那一分那一秒，不知珍藏了多少温暖的记忆。

二

周有光先生与张允和相识在苏州，两人差 3 岁，周老妹妹周俊人是张允和乐益女中的同学，两家距离近，张允和常常窜了门找周俊人玩儿，时日一久张允和与周先生相熟了。逢到假期，两

周有光与张允和

张允和与吴淞中国公学同学章以仁（摄于 1927 年）

家孩子结伴出游，从阊门到虎丘，从虎丘到东山，走过很多路、越过很多河，他们骑车、他们坐船，甚至骑驴。由于张允和的家与学校是相连在一起的，有光先生往往一早便和妹妹跑去了张家，所以张家父母早早认识了周有光，对这位年青书生印象极佳。那时有人上门为张允和提亲，张先生开通，主张婚姻自由，说婚姻让他们自由决定，父母不管。

周有光先生与张允和相恋在宝山。宝山靠近吴淞口的地方当年有所中国公学，学校取意“中国人公有之学校”，创办于1906年。虽然时局的动荡让中国公学苟延残喘地挣扎着停停办办、办办停停，但它在中国近代教育史上依然有着独特的历史地位。1951年12月，担任过1928年4月到1930年5月中国公学校长的胡适在中国公学的校友会上谈到中国公学时认为，“它的光荣、它的价值，将是不朽的、崇高的”。

张允和与她的妹妹张兆和1927年作为第一批女生共同考入了这所中国公学预科，不同的是，张兆和从预科一直读到了毕业，张允和读完预科和一年的“新鲜生”，第三年大二转入了上海光华大学，只是这短短两年，张允和收获了一个周有光。

那会儿有光先生刚刚从上海光华大学毕业，空了常常来吴淞见他的心上人。他给她写了第一封信，她拿着这封信吓坏了，六神无主的给同学胡素珍看，让她定主意，胡素珍说：“嘿，这有什么稀奇，人家规规矩矩写信给你，你不写回信反而不好。”就这样，他们开始通起了信。“再见面时，我和他都没有了以前的自然，一阵淡淡的羞涩罩上了脸颊……”张允和说。最初有光先生来中国公学，张允和总是矜持地在宿舍东躲西藏，嘱咐舍监：“张小姐不在家。”周有光不得不怅然而归，这样次数多了，直到 1928 年秋季一个星期天的吴淞江边，蓝蓝的天、甜甜的水、飘飘的人、软软的石头，才子佳人才终于羞答答牵起了手，从此欢欢乐乐、风风雨雨七十多年。那一刻，张允和八十岁时仍然记忆犹新，她深情地写下了一篇《温柔的防浪石堤》，起先有光先生不让张允和发表，家里人问为什么，他的脸微微泛红：“多不好意思。”说着话羞涩地低下了头去，后来只勉强同意刊发在他们的家庭杂志《水》上。

2002 年 8 月 14 日，张允和心脏病突发去世，医生为她抢救时，周老守候在她的身旁，紧紧握着她的手，数着她的脉搏，直到她脆弱的身体失去最后一丝体温。他将她的骨灰埋在了北京门头沟观涧台的一棵枫树根下，她曾对他说，最喜欢由绿叶变成红花的枫叶。

三

作为宝山人，我关注着和故乡相关的人与事，他们与宝山的邂逅，涌起我内心的波澜，甚至骄傲，所以感谢我的朋友老冯，让我读到了周老111岁高龄时写下的这些珍贵稿件。前两年朋友经老作家屠岸介绍认识了周有光先生，屠先生说，“周有光是我的表哥”，这让朋友大为意外，当他拿着屠先生的字条敲开周老家大门时，同样涌起了内心的波澜，可是眼前的老人平易和蔼极了，与他风声雨声读书声无声不闻，家事国事天下事无事不论。自此他成了周老家的常客，进而成为忘年交。周老信任这位比自己小了六十多岁的朋友，正是缘由他的建议，周老断断续续，用颤抖地笔触追忆起了张允和，于是有了《张允和送的手表》《旧扇记》《锡炉记》……张允和的去世曾给周老带来巨大的精神打击，慢慢地，隔了半年才恢复平稳，他对屠岸说：“人的死亡，是为后来者腾出生存空间，使人类在世界上生生不息。”屠岸在给友人的信中谈到周老这句话，他称自己的表哥是人类第一“通人”，因为他的话堪破了生死的秘密，阐述了宇宙的规律：“他的观点，是在生死观、人生观、宇宙观上对今天我们的最高启示，也是终极关怀。”但读起稿件中诸如此类的文字：“追忆与允和的过去，

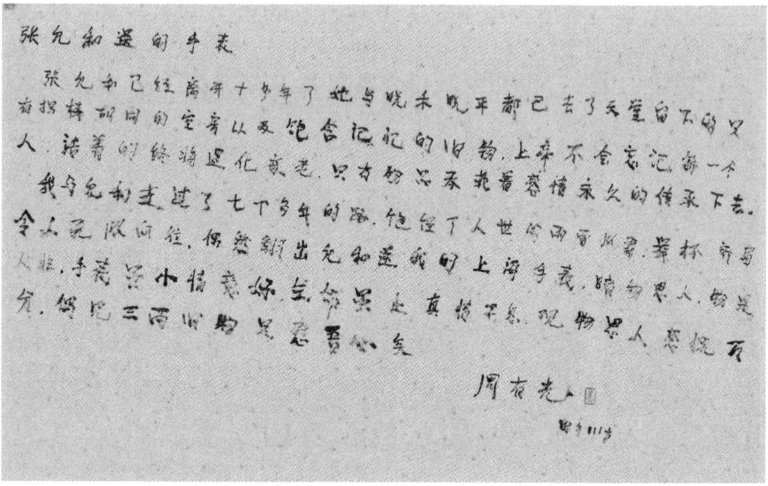
张允和送的手表

张允和已经离开十多年了，她与晓禾晓平都已去了天堂，留下的只有拐杖、[illegible]的宝书以及饱含记忆的旧物。上帝不会忘记每一个人，活着的终将退化衰老，只有物品承载着感情永久的传承下去。

我与允和走过了七十多年的路，饱经了人世的雨雪风霜，举杯齐眉令人艳羡向往。偶然翻出允和送我的上海手表，睹物思人，物是人非。手表[illegible]，[illegible]真情实意。睹物思人，感慨万千。留此三两旧物，足慰吾心矣。

周有光

时年111岁

周有光手稿《张允和送的手表》

回忆起举杯齐眉的日子，满目孤独，满心感伤，无言以对，泪流千行。”我想十多年前周老未必走出悲痛，伤口太深太狠，或许他只是在努力捂住伤口而已，他写道：“张允和已经成为了我生命中的一部分，虽已远去，依旧在我心间。”

周老大半生起居平安，遇有顽疾小症屡屡化危为夷，他说那是上帝把他给忘了，谁能想象九十多岁时的一位老者尚能骑着家

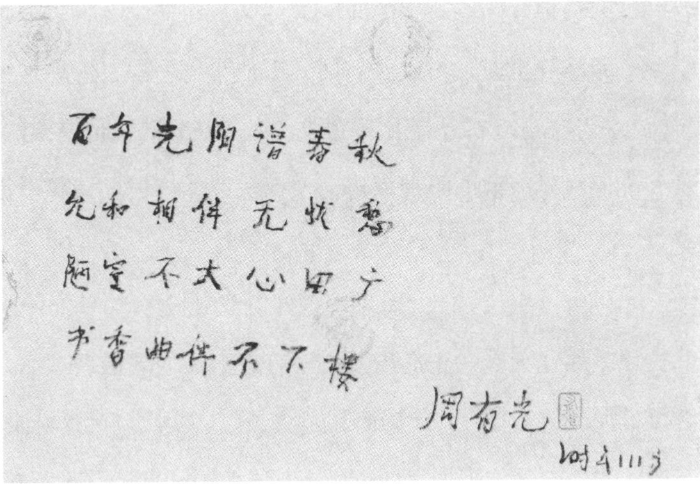

周有光手迹

中破旧的自行车去菜市场买菜。奈何世事白云苍狗，老病到底是欺人的，忽然有一天，周老不认识老冯了，意识变得模糊不清，有时将老冯视为同事，有时视为医生，又有时视为远房亲戚，同时生活不能完全自理。让人惊讶的是，只要瞥见纸和笔，他立时进入另外一个世界，与他说任何一句话都不回应，自顾自伏在临窗的书案上默默地写、不停地写，中了蛊似的，水都不愿喝一口。

老人每天精神好、能写字的时间大约两三小时，老冯去如若碰上便在一旁静静坐着，不说一句话，待他写完一幅，为他递上一张新纸。偶尔写累了搁下笔望望窗外，融融暖日映在他沧桑的脸上，老冯说他目光冷漠、眼神深邃，像棵临风的古树，“我看得悲欣交集”。

2017 年 1 月 14 日，周老在度过自己 112 岁生日的第二天与世长辞，那几天老冯正逢出差，没有赶上见周老最后一面，他觉得很难过。这一晃，一年转眼就过去了。一次次翻读这几页稿件，一次次体会着这位恂恂然的书生、温温然的长者笔下蕴藉的深情，尽管文辞简单、尽管字迹没有张允和的四妹张充和写得优雅，有点漫漶，有点芜杂，还有点唠叨，但有这深情足够了，这深情是痴念、是牵挂、是落寞，这深情更触动我的心灵，无法平静。“手表虽小情意好，生命虽止真情不息”——时间终于留下了它的痕迹，这些痕迹足以感动任何一个人。周老怀念张允和的文字，有一句说：“原来，人生就是一朵浪花！”吴淞口的防浪石堤、吴淞口的江水一定记得这两位九十多年前在这里手牵手的年轻人、这两朵甜蜜的浪花。

马君武在中国公学

1930年，中国公学的校长胡适要离开学校了，校董会推荐马君武继任，得到了同学们的欢迎。马君武是科学家、教育家、文学家，是早年中国公学的创办人之一、首任教务长，“隔岸起飘风，浪打吴淞；血湧半江红，白虹贯日中。多少少年英雄，以学为光荣，锻炼身心，胼胝手足，担天下之公。”是他为学校写的校歌。他长胡适十岁，是胡适尊敬的兄长。胡适1906年进入中国公学念书时不过15岁的孩子，许多同学都比他大，其中不少是革命党人，纷纷剪了辫子，却没强迫他剪。胡适当校长的这两年里，马君武有一次做讲演，指着胡适告诉同学们：“那时他用红头绳子所扎的小辫子，翘翘的，就是现在你们的校长小时候的象征。”引得

左起：高一涵、马君武、蔡元培、胡适、丁縠音
（摄于 1930 年 5 月 19 日马君武上任、胡适卸任校长当日）

大家一阵哄笑。

不过马君武最初不愿来当校长，一辞再辞，到了同年 5 月，校董会再次提及，马君武无法推辞了，勉强拖到 5 月 19 日才来就职。那天上午，全体同学聚集在大礼堂，在蔡元培做了简单致辞后胡适、马君武交接印信，接着两位校长讲话，勉励同学们继续保持良好的学习风气，认真研究学术，以发扬科学救国精神，最后来自广东的

同学何青年邀请蔡元培、胡适、马君武，以及社会科学院院长高一涵、总务长丁戴音一起在钟楼前拍下了一张相片。

就职校长后，马君武兼授近代文化史，之前胡适讲完了清代学术思想，马君武开始讲授近代科学发展掌故，上课时不发讲义，学生们自行记笔记，校务则萧规曹随，学术团体照常活动，校刊、壁报照常出版，学者讲演照常进行，为教育而教育，学生的读书风气一点未变。有一期校刊登了段颇有意思的文字，以对联的形式，何鲁对胡适，马君武对达尔文，其下解释为：依段玉裁《说文解字注》“達（达繁体）从辵，羍声”，古时“達”可作“羊”，由此“達尔文”可解作“羊尔文”，而以“羊尔文”对“马君武”甚为贴切。是否马先生在国外留学时因钦佩达尔文而将原名马和改为马君武，或者早改为马君武，在最初翻译达尔文名著《物种原始》时故意将 Darwin 译成达尔文？有位同学好奇去问了马君武，马先生笑着说：“都不错。”

在当年的书法界，马君武与于右任、谢无量等都有着极高的声望，他与胡适一样，愿意为同学们写对联、写屏条、写中堂，各种形式无所不应。通常请他写字，要先磨好墨，备好纸，等他一有时间，就请他到会客室当众挥毫。他为多位同学写过相同的内容，“博学之、审问之、慎思之、明辨之、笃行之”，大家觉得这大概是他为学的基本态度。某一天一位同学请他写对联，刚写完上联，这位同学说：“马先生的字，就好像于右任先生写的一样。”马君武听了两眼一瞪：“不好说于右任写的字像我吗？”说着把笔一搁，坐进沙发里不写了，这位同学吓得不知如何是好，呆呆立在原地，所幸边上同学见了上前拉着这位同学一起跟马先生说了许多好话，马君武才缓过气，写完下联。

马君武 1928 年自广西回到中国公学，初住昆明路，因往来不便，迁居到了宝山杨行，那时杨行离学校约十公里路，四周是一片绿油油的田野。因为地价便宜，他在杨行的家比较大，入内是花园，有花有草有树，还养了蜜蜂，如同一所小型的植物园。每次去需要特别小心，不能伤了园中的植物，否则会遭他的呵斥。有一回，一位同学恰巧走在花园里，一群蜜蜂忽然飞满他的全身，同学深知马君武的脾气，只好站在原地不动，大声求救。马君武听到喊叫声，冲出屋子，同样一声喊叫：“不要动！”迅速从同学的头上认出蜂王，捉到了窝里去，蜂群就跟着飞走了。两人来到客厅，马君武对这位同学临危不乱的精神给予了称赞，说：“你毕业以后，不必急于找工作，在家养养蜜蜂，一年的收益，足够你读书生活了。” 但这位同学被叮咬得又痛又痒，只感到哭笑不得。不知马君武的哪一位朋友，有天去做客送了他六对意大利种的鸽子，马君武用科学方法进行繁殖，不到一年工夫，飞鸽已然成群，倒把附近稻田的稻谷吃得精光，附近乡人纷纷前来哭诉，马君武全部照价赔偿，跟大家说：“今后再有鸽子飞来田里骚扰，准予格杀勿论。” 同学们有事找马君武大多是从学校骑了自行车去的，每次从他家出来，回校途中会顺道去宝山县城转一转，虽然没有大的商店，但汤圆是出了名的，去了总要吃上一碗。

中国公学在胡适担任校长时，学生从300多人增到了1000多人，原有的学生宿舍只能容纳500多人，胡适不得已将游艺室改为宿舍，饭厅改为教室，社会科学院迁去了闸北的八字桥，却仍不能解决问题，他与马君武商量要在学校左侧的大操场北面空地上新建宿舍，马君武表示赞同，在卸任前的一个上午，胡适和丁鷇音及诸多友人、诸多同学一起举行了动工典礼，他拿着铁锹挖起了新宿舍的第一坯土。

马君武每天坐着黄包车或独轮手推车来学校，一定会去工地视察，他对新宿舍建设的监督极其认真与严苛，在他的推动下，一座能容纳八九百人的三层楼新宿舍不久建成，他很高兴，对大

胡适为中国公学新校舍举行破土典礼

家说："胡适之长校时，与君武商及建筑新宿舍，将分校归并炮台湾之议，君武力赞之，于四月底在大东旅馆由东南建筑公司介绍冯泰兴建筑公司，商妥一切条件，并由冯泰兴代向正大银行借款 74000 元为建筑费，分三年偿还，以炮台湾地契为抵押品，并由胡校长面请冯泰兴即日开工后签约。新宿舍于 6 月 14 日签订契约，于 8 月 14 日建筑成功。"

新宿舍楼房为一字型，坐北向南，内有两排房间，南北各向，中间设过道。四人为一间，每间配了崭新的书桌、床与椅子，极为舒适。原住"东宫"(建在东边的女生宿舍)的女生，住游艺室的男生，以及在外租住的同学，在八月底按学校的安排纷纷迁入。一楼住男生，东侧二三楼住女生，西侧二三楼住男生，东西中间隔有砖墙，西侧一楼尽头开设大门，东侧一楼封闭，二楼尽头开门，架设楼梯上下，界限分明。

新的学年开始，马君武因解决了学生住宿的问题，随即依胡适原定的计划，将社会科学院从上海闸北八字桥搬了回来，一时学校附近的小食堂、小书店突然兴旺起来，校内校外分外热闹，学生人数从 1000 多人增到了 1300 多人。

五月里的陈伯吹童话

这两天读周有光的故事，原来“汉语拼音之父”与张家二小姐张允和的初恋就发生在吴淞江边，而吴淞江边可不是我和小伙伴们儿时撒野调皮的一个仙境吗？这让我觉得非常美妙。不过周有光与张允和毕竟只是吴淞江水的看客，他们为这片江水多增添了一片文化的涟漪。宝山出名的有个张家，兄妹十二人，老八张幼仪在民间似乎影响最广，因为父母包办，嫁给了嫌她是“乡下土包子”的徐志摩；此外还有词人蒋敦复、社会学家潘光旦，有袁氏三兄弟，希濂、希洛、希涛，有一位写儿童文学的作家，陈伯吹。

缘由学生时代读过陈伯吹的童话故事，这些人物中，我于他

陈伯吹

印象较深，近几年每逢清明去陵园祭扫祖辈，一定在同一陵园内他的墓碑前鞠一鞠躬，望一望离墓碑数步之外他的雕像。伯吹先生是宝山罗店镇人，罗店镇有所一百多年历史的学校罗阳小学，他在那里度过了小学时代。我有张在那所学校拍的相片，是才上幼儿园，我和许多小朋友站在操场的领奖台前，脸上抹着红红的粉，身上穿着漂亮的衣服，手上捧着玩具。我蒙昧地沾沾自喜，或与百年前的伯吹先生同立一处。

作为一名儿童文学作家，陈伯吹的闻名或许不如沈雁冰，不如郁达夫，不如巴金等新文学作家那么绚烂。从来儿童文学难写，因为对象是儿童，既需浅显易懂，又要赋趣味，小孩子天性好玩多动，书本无味，自然不愿读了。鲁迅认为孩子是可以敬服的，“惟其幼小，所以希望就正在这一面。”偏偏好的儿童读物三三两两，好的儿童作家寥若晨星。鲁迅在《表·译者的话》中写：“十来年前，叶绍均先生的《稻草人》是给中国的童话开了一条自己创作的路。”这以后，为儿童文学默默耕耘的，伯吹先生是为数戋戋者之一。从写童话，到做编辑；从北新书局，到少年儿童出版社；从《阿丽斯小姐》，到《幻想着张着彩色的翅膀》，伯吹先生童心常在，似月中丹桂，自风霜难老，七十多年潜心经营，苦心孤诣，可敬可贵！他说自己学写儿童文学，从而热爱儿童文学，是为了孩子们，是工作上的需要，又是感情上的激发，兴趣上的满足，思想上的安慰。及至晚年疲于为他人小说文集写序言时，他亦“总想跳出这一‘牢笼’，能为少儿读物说说话，甚至写点什么。”

前两年我从天津买来几封陈先生 20 世纪 60 年代与林呐往来

的书信。林呐是作家、是天津百花文艺出版社的创社社长，两人的友情似乎很深，有封林呐写给陈先生的信里说：“……虽然无缘相晤，但却未因此疏远我们的友情。前年你赠我的那张玲珑的贺年卡，至今还在我的玻璃板下，每次看到它，你那热情、勤奋，甚至带点秀才气的形象立刻就会活现在我的面前，伯吹同志，多想看到你啊。”

第一封陈先生写给林呐的信的内容大致为他对1960年《人民文学》5月号中两篇批评他的《儿童文学简论》的文章的不同看法。老前辈豌豆大的毛笔字纤秀细腻，却像《彩楼记·评雪辨踪》里吕蒙正家门前雪地上的足印，沉重心绪落满纸笺。是什么使陈先生如此沉重？《陈伯吹传》（苏叔迁著，中共党史出版社，356页）中有简单的论述：“1960年春天，陈伯吹又回到了上海，在上海漕河泾深入生活。不料在红五月里，他被作为资产阶级‘童心论’的代表人物进行‘批判’。会上不让他说话和答辩。‘批判’会开了三次，开不下去了，不了了之。会后第三天，他偕同夫人吴鸿志到西湖、莫干山去浏览。他是不习惯闲下来无事去浏览的人，玩了两天后便回来。他在这场‘莫须有’的冲击面前，没有灰心丧气，表现了他那‘外柔内刚’的性格，他正确地对待同志的批评，

林呐同志：

您好！几个月前我曾读到您在「北京晚报」上连载的「午夜钟声」，前年「[illegible]」里的一些分章作品我爱读。十分钦敬您在百忙中——还能写出好作品来！

五月十四日，遵依我编辑部函嘱把我的文集「一支少年合唱队」转了寄出，该早收到了！如果还没走，我就不寄津了。为什么？——

您大概已经读到五月号「人民文学」（[illegible]）中那篇批评我的「童话文学中间论」的文章了吧？我知到您一向支持并帮助我，所以也一定关心着这件事吧？我看了这两篇文章后，心情十分沉重，有两夜未阖眼。曾经一向作协领导方面汇报了这件事，并说明要作出检讨。

小朋友杂志社

第三天我向作协图书馆借到了书，对照着批评文字一核核，却发现有很多处「割裂原文，歪曲原意」来「断章取义」式地批评。例子——

前者篇中，批评者举出我写的「……高度的艺术性体现了高度的思想性……」（见引文左栏中）后，阉割了后面更重要的两句。（见原书第7页倒6行）又，关于「儿童文学主要是写儿童」这点，是作为读者询问了您而回答的，不是作为方向性来提的，而且注得很多，也相当辩证。（见原书第24—25页）又，关于「儿童文学特殊论」，乃是批评者的创作。（见71页）我所说的是「儿童文学的特点——它的特殊性」（见原书第20—24页，29—30页）是不同性质的，是不是有意要「张冠李戴」？……

后者篇中，批评者歪曲原意更大。例如他指出我在童话理论上主要的两点错误是：写童话可以凭作者幻想随意写；和童话不要教训。可是我在写

小朋友杂志社

「童话」时，一开始就指出它要生活。（见原书第4页末行，倒数第二行，以及其他几个地方）而对「幻想」的看法，写了一节。（见原书第64—65页）对「教育作用」又专门写了一节。（见原书64—71页）是批评者不理解我的论述呢？还是我理论不够而表现得又如此地[illegible]错误了？我准备虚心接受来自各方面的实现地、实事求是地、与人为善的批评！

我现在正着手初步检查，过去深入，要冷静下来，好好地分析研究；一方面也还依靠组织和同志们从组织上取得联系，这是个「学术思想批判研究」问题。和领导上的帮助，来检查究竟有多大错误？错误在什么地方？批判是否正确？

这两篇批判文章，在引述被批判者的论述时，均不注明原书的页码，以致要在三百多页、二十二万多字中找出原文来，是相当吃力的。连我自己写的人，有的因为在1956—1957年间，也不易找出来，读者们更困难了。如果先看批评文字，没看过原书的，

小朋友杂志社

陈伯吹致林呐书信

继续为党的儿童文学事业辛勤地采花酿蜜。”

信是1960年5月22日晚写的，这突如其来的两篇批判文章，让伯吹先生两夜未阖眼，承受了巨大的精神压力。信中说，当他第三天借来原书，对照着批评的文字竟发现了很多处“阉割原文，歪曲原意，来‘断章取义’式地批评”，例如：

“前者篇中，批评者举出我写的‘……高度的艺术性往往体现了高度的思想性……’（见原书 71 页左栏中）后，阉割了后面更重要的两句（见原书 7 页倒 6 行）。又，关于‘儿童文学主要是写儿童’这点，是作为读者询问问题而回答的，不是作为方向性来提的，而且说得很多，还相当辩证（见原书 24 – 29 页）。又，关于‘儿童文学特殊论’，乃是批评者的创作（见原书 71 页）。我所说的是‘儿童文学的特点——它的特殊性’，（见原书 20 – 24 页；29 – 30 页）是不同性质的，是不是有点儿‘张冠李戴’？……

后者篇中，批评者歪曲原意更大。例如他指出我在童话理论上主要的两点错误是：写童话可以凭作者幻想随意写；和主张童话不要教训（见原书 75 页）。可是我在写‘童话’时，一开始就肯定要生活，（见原书 58 页末行; 59 页末二行; 63 页 2 – 3 行; 以及其他很多地方）而对‘幻想’的看法专门写了一节，（见原书 64 – 68 页）对‘教育作用’又专门写了一节（见原书 69 – 71 页）。是批评者不理解我的说法呢？还是我认识不够而主观主义地坚持错误？”

陈先生的看法是："这两篇批判文章，在引述被批判者的说法时，均不注明原书页码，以致要在三百多页、二百多万字中找出原句来，是相当吃力的。连我自己写的人，有的因写在1956、1957年的，也不易找出来，读者们更困难了。如果光看批评文字，没看过原书的，不是'有的放矢'的批评，也会给党的事业带来损失的！"显然他的情绪颇为激动，对于批判之文是有微词的。

林呐尚未作复，6月5日陈伯吹写出了第二封信，此刻他的心境平静了一些：

> 大概在五月二十日前后，写过一封信给您，其时刚读到批评文章，又有报刊退回了原本说定要刊用的稿子，信写得比较激动。
>
> 看来认识错误也需要有个过程，一下子是想不通的，尽管批评文章所摘引的，在若干地方确和原书有出入，但他们的论点是正确的，批评的精神是好的，如果从这方面去认识就不会太激动了。每个人设身处地，总也难免，不过程度上不同罢了。

这封信后，林呐在6月15日给老朋友回了一封长信，他说读了那两篇文章，精神是紧张的，心情却并非不快，因为他认为："党和同志们对儿童文学的理论与作品更加关心了，不难预感，随着生产和各项事业的'大跃进'，文学园地的儿童文学之花将会开得更加美丽。"他也坦言，陈先生的第一封信令他心情同样沉重，甚至还有点乱，随即向陈先生表示了他的态度："现在争论的是关于儿童文学的方向问题，亦即道路问题，无疑这是重大问题，应该严肃、认真地把是非曲直弄清楚，可是就目前对我们个人来讲，想清提高认识、分辨是非的阻力 、对待批评的态度问题，也是刻不容缓的。"

我深信林呐是真诚的，但面对那个特殊的时期特殊的环境，他的回信更多地吐露着对老友的宽慰。陈先生的信不过是反映了陈先生面对山雨倾泻而来的心情变化，他内心痛苦、挣扎，作为一介书生，无能为力，好在批判来得突然去得突然，据说陈先生到晚年都没真正弄清楚。1961年11月7日他致林呐信中的一段话，或许能作为他对那次批判的一个小结："去年的事，承各方面同志们的关怀，领导方面也对我说明，得到了极大的支持与鼓励。我应该虚心地'有则改之，无则加勉'，更好地为人民、为少年儿童服务。在当时，您的信也给了我很多的帮助，一直惦记着，感谢不忘。过去经常得到您和社内同志的支持、帮助，今后仍然请求你们的支持、帮助，让我把工作做得更好。”他说。

“世事慢随流水，算来梦里浮生”。半个多世纪悄然过去，值得庆幸，伯吹先生真的为我们留下了太多儿童文学的好文字，让我们当年这群小不点在吴淞江边撒野调皮后，晚上能读着他的童话安然入梦。这几夜我翻出《阿丽丝小姐》《一只想飞的猫》《骆驼寻宝记》又读得入迷，尤盼时光再来，和同学们重新聚在一个课堂，念书写作业吃零食，说悄悄话递纸条勾老师的八字眉；看同桌画一只猫，偷偷为我画一只老鼠，随后欣欣然去到伯吹先生的童话故事，做一做童话故事里的小主角。年少的时光，真好。

兰花香里的科学之路

九月的北京比上海凉快不少，大清早出门还是添了薄薄一件外衣。匆匆跑去花市买了一盆兰花，服务员体贴地说西门人少方便喊出租车，南门已经无法动弹了：“赶时间坐地铁吧，不过兰花准会挤烂，如若上了出租车，就怕没一个半小时的到不了农展馆。”出了花市，拦下了迎面而来的出租车，遇上北二环两车追尾，一路行行止止，果然如服务员所料，到达农展馆，一个半小时。

10时，如约与佳洱校长在社区门口碰了面，我开心地迎面而上，我们都戴着口罩，两眼相视而笑。

佳洱校长是陈佳洱，著名儿童文学作家陈伯吹之子、中国科学院院士、北京大学原校长，我与他相识于2018年11月，那年我费时八年时间编辑出版了《陈伯吹书信集》，首发式上我请他在书上签一个名，他拍拍我的肩膀说："小伙子，辛苦你了。"眨眼老人88岁了，身板依然如三年前硬朗，精神像老墨上的光华，含蓄而灿烂。这回我是请他为2022年12月我与宝山图书馆一起策划的"宝山风华"展览题几个字，他面露难色，说小时候要练字的时候碰上打仗，害他到老写字不成样子，所幸他顿了顿，笑笑说："人自家乡来，我就勉为其难了。"

我取出随身携带的纸笔在桌上放平，他拿着笔问我写什么，早年他曾在一篇报道中谈到"科学文化与人文文化都是人类文化的精髓"，这次的展览偏于人文，我建议他可否将"科学文化与人文文化"位置互换，改为"人文文化与科学文化都是人类文化的精髓"，他听了高兴，一笔一画、仔仔细细在纸上写下了这几行字。

服务员见我收起纸笔，端来了两杯茶水。窗外有一片绿地，绿地里有一片花海，浓浓的香气不时飘入房间。我把兰花放上桌子，紫色的花瓣飘出暗香，我问他可喜欢，他脱下口罩，抿了一口茶，说暗香才能袭人，好似人文文化，因为科学文化追求真，人文文化则教人求善求美，唯有具备了人文文化，才能真正找到

陈佳洱与“两弹一星”功勋科学家王大珩

客观的规律，也就是真理。意外听到佳洱校长如此隽永的真言，我自觉十分幸运，于是好奇问他是如何走上科学之路的，他说，那是因为他的父亲陈伯吹。

那年佳洱校长5岁，夏季的一个傍晚，整个天空黑沉沉布满了乌云。陈伯吹正在书房写作，小佳洱不敢独自待在房间，走入父亲的书房，静静坐在了父亲身旁看着窗外。突然天空闪出一道亮光，刺得小佳洱睁不开眼睛，紧跟着被雷声的巨响吓得哭了起来。陈伯吹停下手中的笔，将他搂入怀中，不停地安慰他，并问他："你知道天上为什么会打雷吗？""是雷公发火，要劈不孝的人啊！"小佳洱回答。"是吗？是谁告诉你的？"陈伯吹惊奇地问。"隔壁老奶奶讲的！"小佳洱说。陈伯吹听了"扑哧"笑出声来，摇摇头说："打雷，不是雷公发火。这是正电和负电相遇时放电的结果，懂吗？"小佳洱同样摇了摇头。

见他不懂，陈伯吹耐心向他开始了解释："你看，我的左手上是负电，右手上是正电。两种电相互作用就像两个巴掌拍在一起一样。"说着"啪"的一声，把两个巴掌拍响了。"那电是从哪里来的呢？为什么它们会放电？"小佳洱睁大眼睛问。"电可以通过物体间的摩擦产生，人们常讲'摩擦生电'就是这个意思。"陈伯吹说，"夏天天热，云层飘动时与周围空气摩擦，就产生了电。有的云块带正电，有的云块带负电，它们相互吸引，当它们碰到一起时就发生放电，发出火光和声音"。

小佳洱似懂非懂，继续问："摩擦真能生电？"见他有兴趣，陈伯吹请太太找来一块玻璃板，再剪了几个小纸人。他把两本书平放在桌面上，左右各一本，随后将玻璃板架在书上，将纸人放在玻璃板下，接着用擦眼镜的绸布包住小佳洱平时玩的一块长方形积木块的外面，快速地在玻璃板上擦动，板下的小纸人儿随之在桌面和玻璃板之间一会儿上、一会儿下地跳动起来了。小佳洱看得入神，不禁鼓掌叫起好来。陈伯吹告诉他："这个游戏叫作'跳舞人形'，绸布和玻璃摩擦产生了电，是电吸引了纸人向上蹦。"

佳洱校长边说着摩擦生电的故事，边模仿他父亲的样子，伸出手指，专注地在桌上左右摆动："玻璃离桌面不能太高，两厘米左右，这样小人就动了。"

1945 年抗战胜利，这年秋天他的叔叔作家陈汝惠将他送去了襄阳南路的位育中学念书，校长是陈伯吹的好朋友教育家李楚材。战后的位育汇聚了一批优秀的数理化教师，陈佳洱的班主任是清华大学化学系毕业的李玉廉，物理老师是来自复旦大学的周昌寿，数学老师是留美回来的博士陈安英，陈安英为了提高同学们的英文能力，对他们进行了全英文教学，这着实训练了陈佳洱的英文。陈伯吹抗战期间去了北碚，待抗战结束回到上海，为陈佳洱带来一本英文版的《森林中的红人》，说的是印第安人的故事，在他的鼓励下，陈佳洱花了一个暑期将这本书翻译成中文，发表在了《华美晚报》上。作为父亲，陈伯吹希望陈佳洱成为一名文学家

人文文化和
科学文化都
是人类文化
的精髓。

陈佳洱
敬题
2021.9.17 于北京

陈佳洱题字

或者翻译家，陈佳洱也有过这样的愿望，然而陈佳洱深受学校数理化教师的影响，对于科学的兴趣远远超越了文学。陈伯吹并不为此烦恼，陈佳洱平日多住在学校，学校附近有家电影院，有一天播映《发明大王爱迪生》，陈伯吹特地赶来学校接他去看了电影。没过多少日子《居里夫人》上映了，那天下着大雨，陈伯吹仍然赶来学校接他去看了电影，而后给他买了居里夫人女儿艾芙·居里写的《居里夫人传》。读完居里夫人的故事，陈佳洱发现自己的灵魂在震颤，他从书中汲取到了科学的人生观、价值观以及毕生奉献科学的精神。至今他记得父亲对他的那句叮咛："你这一辈子假如能像居里夫人那样对国家有贡献，你就没有白活。"

学校里陈佳洱与三位同样热爱科学的同学组成了"创造社"，专门从事科学研究，自己制作发报机、制作收音机，最有成就的是他们给学校做了一台大功率扩音器，每天早上学校用它来播放广播体操。他们还编了一本《创造》杂志，刊登的内容大多是四人做收音机的经验，和翻译美国 *Popular Science*（大众科学）杂志上部分看得懂的文章。我问他几十年过去了，杂志有否留着一份做纪念？他说："当时四人分工油印，只传播于学校，早已没有了。"不过他的眼角闪出一丝神采，说大公报一位潘老先生，当年刊登了他的《我们是怎么样去出版“创造”的》。

同班同学中，令陈佳洱印象深刻的有钱绍钧，与他一起坐在第一排，由于他的脸生得圆乎乎、胖乎乎，同学们便叫他“面包”。钱绍钧后来成了中国工程院院士，是我国实验原子核物理学家。坐在陈佳洱身后的是田长霖，曾经的美国伯克利大学校长，著名的热物理科学家。那时候他头长得大，所以得了“大头”的外号：“他坐在我后面，上课时大家都专心听课，听得高兴，他就轻轻捅我一下跟我开玩笑。他很聪明，数学考试老是第一名，谁也考不过他。”佳洱校长说。20 世纪 90 年代，田长霖与陈佳洱有回见面，田长霖跟他打趣，是他用铅笔捅出了一个北大校长。

我尊敬这样睿智、这样简淡的长者，尽管谈话中他所说的有些科学用语我无法理解，他的科学之路，犹如兰花、犹如暗香，却在我心头萦绕飘拂，久久不去。

校长朱镇雄

罗店镇上有条赵巷街，本地人叫赵家巷，这条街有东街中街至西街东西三里地，20 世纪八九十年代东街中街陆续动迁改造新村，现在只剩下了一条西街。一百多年前，中街有户农家，家中有二十多亩地，除了耕种，还会做木工，村里人家造房子、镇上梵王宫（今宝山寺）翻修等活计都请他们参谋设计，日子总算过得去。1910 年，这户人家添了个儿子，取名朱镇雄。家里人觉得做农活、做木工的生活毕竟辛苦，待到镇雄长到六岁，便决计送他念书去了。

宝山有位著名的教育家袁希涛，字观澜，是城厢人，一辈子造福乡里，为宝山办了许多学校，1930 年去世时，家乡人为了纪

朱镇雄

念他，在宝山城西建了观澜墓、立了纪念碑，并在罗店办了一所观澜中学。今天罗店老街上的棚口弄，是当年的学堂弄，这条弄堂的东头有文昌阁，观澜中学就设在文昌阁内，附近另有罗阳小学、竞秀女校，可惜的是不过两年时间，这所罗店唯一的中学便夭折在 1932 年“一·二八”淞沪抗战的战火里。

朱镇雄小学毕业进了本地的中西公学学习，由于成绩优异，

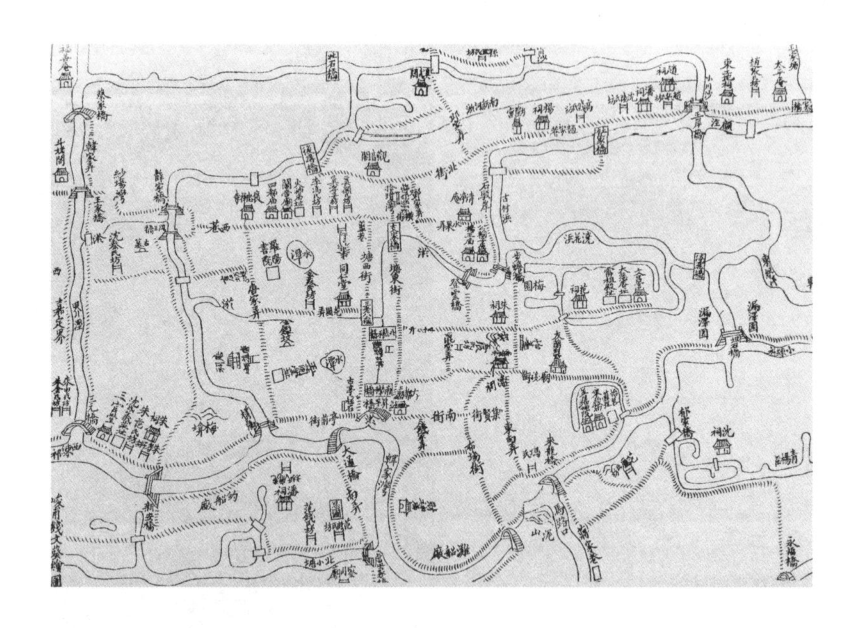

清光绪年间罗店古镇图

之后转入上海持志大学（上海外国语大学前身）古典文学专业。待到1932年7月毕业回到罗店，眼见本镇青年无处读书，意气书生征得了祖父与父亲的同意，由同学周光裕协助，在原址文昌阁重新办起了观澜中学。

学校的规模起初很小，招收的学生不过40多人，朱镇雄教语文，周光裕教数学，英文、体育等科目的老师请了镇上的小学老师来帮忙。学校定下每学期收费15元，然而当地百姓多穷苦人家，请求减免学费的学生占了半数，朱镇雄对此并不介意，除教师每人两斗米作为月薪外，其余开支靠他四处借贷也就应付了。

一年下来，学生增加到了80多人，这让大家十分意外和振奋，可是文昌阁容不下这么多学生，朱镇雄不得不将学校迁往不远处的城隍庙。旧时社会，在庙里办学上课的现象不少见，不过家境略好些的人家是忌讳的，他们在得知这一决定后纷纷将孩子转学去了外埠念书，留下全部的穷苦学生，这意味着学校毫无收入了。那段时间，难以为继的现状，几乎压垮朱镇雄的肩膀，他的思想为此起了冲突：要办事业，为家乡的百姓服务，却没有经济来源，如果放弃，心有不甘，于是铁下了心肠，继续东移西借，苦苦支撑到1937年。

1937 年 8 月初，朱镇雄离开家乡罗店去上海市区治病，未曾想仅仅几天，“八一三”淞沪抗战就爆发了。经过 37 天 13 次拉锯战的摧残，罗店街市一片呜咽，往日的“三湾九街十八弄”闹市彻底夷为了焦土，观澜中学自然此劫难逃，与罗阳小学、竞秀女校一起化为瓦砾，荡然无存。

人们四处逃难，朱镇雄回不去罗店了，寄居在白克路（今凤阳路）一位老世交家里，三个月后他才得到消息，父亲逃出虎口，母亲惨死在了日军的刺刀之下。这份珍贵的文献写在 1939 年，那年正是朱镇雄的三十而立之年。文献里一首《三十自嘲》诗，一首《哭母》诗，道尽国破家亡、山河飘摇之际，诗人对亲人的思念和对日军的仇恨。“欲亲老母偷多睡，为有慈魂入梦乡。不管隆冬与盛夏，总嫌夜短日嫌长。自寿诗成哭母诗，此生自是最堪悲……”句句朴素深情、感人落泪。这件文献的受寄人是他的同乡朱六階，朱六階是罗店学者、书法家，朱镇雄称他“階师”。

学校被毁后，他卖了家里十几亩地清还债务，与这五年的学校就此作了了结。“穷到寒梅破腊天，还将翰墨结因缘。花开笔底临池冻，独抱冰心又一年。”是他某一年新春时作的诗，更像是他的人生写照。20 世纪 90 年代，镇上仍有不少老人是他的学生，

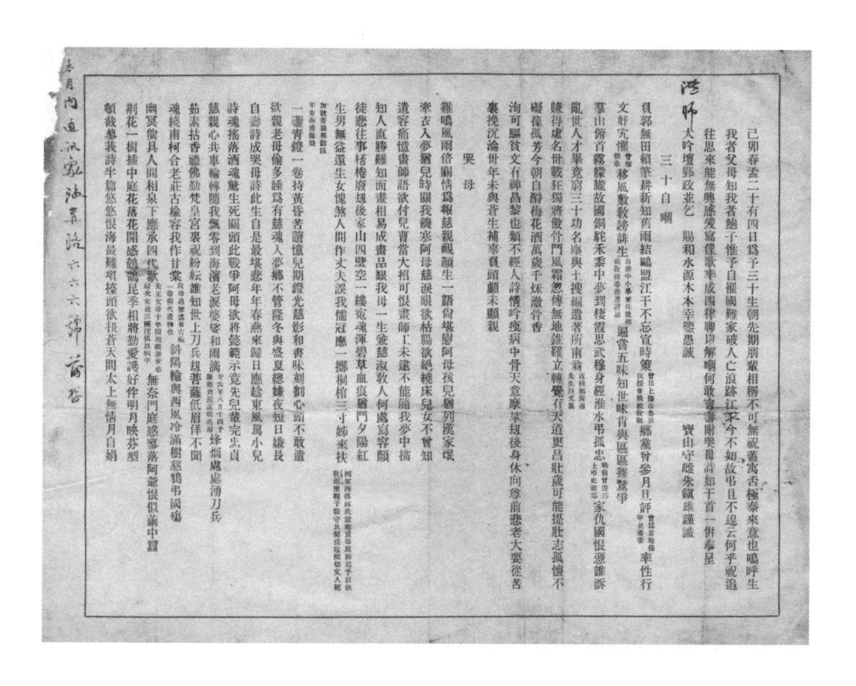

己卯春孟二十有四日爲予三十生朝先期朋輩相稱不可無祝蓋寓否極泰來意也嗚呼生
我者父母知我者鮑子惟予自罹國難家破人亡浪跡江今不如故弔且不遑云何乎祝追
往思來能無興感爰寫俚歌率成四律聊以解嘲何敢言壽附哭母詩如干首一併奉呈
大吟壇郢政並乞　賜和水源木本幸鑒愚誠　寶山守雌朱鎭雄謹識

三十自嘲

負郭無田賴筆耕新知舊雨結鷗盟江干不忘宣時策鄉黨曾參月旦評率性行
文好究懽移風敎誘誅生遍嘗五味知世味肯與區區雞鶩爭
攀山俯首霧朦朧故國銅駝禾黍中夢到棲霞思武穆身經淮水弔孤忠家仇國恨憑誰訴
亂世人才畢竟窮三十功名廉與土搜編遺著所南翁
賺得虛名廿載狂獨將傲骨鬥風霜忽傳無地錐難立轉覺有天道更昌壯歲可能提壯志孤懷不
礙葆孤芳今朝自酹梅花酒萬歲千秌澈骨香
洵可驅貧文有神昌黎也類不經人詩情吟瘦病中骨天意摩挲劫後身休向尊前悲老大要從苦
裏挽沉淪廿年未與蒼生補辜負頭顱未顯親

哭母

雞鳴風雨倍關情爲報慈親靦顏生一語尚堪慰阿母孩兒猶列漢家氓
牽衣入夢猶兒時關我饑寒阿母慈淚眼欲枯腸欲絕繞床兒女不曾知
遺容痛憶畫師語欲付兒曹當大招可恨畫師工未逮不能隨我夢中描
知人直勝雖知面畫相易成畫品艱我母一生兼慈淑教人何處寫容顏
徒悲往事栝棬廢劫後家山四壁空一縷冤魂渾碧草血痕猶鬥夕陽紅
生男無益還生女愧煞人間作丈夫誤我儒冠應一擲桐棺三寸姊來扶
一盞青鐙一卷持黃昏苦讀憶兒期鐙光慈影和書味刻劃心頭不敢遺
欲親老母偏多睡爲有慈魂入夢鄉不管隆冬與盛夏總嫌夜短日嫌長
自壽詩成哭母詩此生自是最堪悲年年春燕來歸日應趁東風罵小兒
詩魂搖落酒魂驚生死關頭此戰爭阿母欲將懿範示竟先兒輩完忠貞
慈親心共車輪轉隨我飄零到海濱老淚婆娑和雨滴烽烟處處湧刀兵
茹素拈香禮佛勤梵皇宮裏祝紛紜誰知世上刀兵劫菩薩低眉伴不聞
魂繞南柯合老莊古榆容我作甘棠斜陽輪與西風冷滿樹慈鴉弔國殤
幽冥倘具人間相泉下應承四代歡無奈門庭感寥落阿爺恨似繭中蠶
荊花一樹插中庭花落花開感鶺鴒昆季相將勤愛護好伴明月映芬型
頓截蓼莪詩半篇悠悠恨海最難填搔頭欲扯蒼天問太上無情月自娟

朱镇雄三十诗稿

其中一位说当年教师们每月的薪水不足糊口，更何以养家活口？“为了办学，为了大家有书读，朱校长与老师们都咬紧了牙关。”后来回忆起这段办学经历，朱镇雄感到悲痛与愤怒，好在他认为很值得，还很有一点自豪。

不知不觉，1942 年了，自“八一三”又是五年过去。这五年，朱镇雄常住在上海市区，靠在学校兼职教书、批阅卷子、当家庭教师维持生计。地方的有识之士眼见没有一所中学再为当地的孩子提供一个上课的地方，终于在这年冬天筹款办了一所罗溪中学（今罗店中学），大家商量着要请朱镇雄回来当校长，便派人去了一趟上海市区。来人说，经费由商界人士负责，只求朱镇雄专心办学，他听了高兴，慨然应允。那时学校办在一所新村内，虽属私立，汪伪当局仍严令必需开设日文课，朱镇雄以没有日文老师为由推脱多次，日军索性派了一位驻扎在新村内的军官来任教。朱镇雄私下教学生们日文课上扮聋作哑，一切不做回应，三星期下来，日本军官教得索然无味，教了些字母便离开了。

1944 年 7 月，相守多年的妻子病逝，朱镇雄在母亲遇害后再次遭受打击，身体垮了下来，至此辞去罗溪中学校长职务，卖了一亩多分地开了家粮店，可他是个读书人，哪里会做生意，不到一年全部赔光，余生行行止止、起起浮浮，再没有办过学了，1955 年逝于家乡。

“我自罗南来……”

罗店有个地方叫罗南，过去罗南有个村子叫姜家宅，宅上有位祖上世代务农的穷学生姜文蔚，因为得了镇上绅商的帮助得以进入书馆念书，后来中了秀才、拔了贡，1905 年袁世凯、张之洞等联名奏请废除科举，姜文蔚的仕途之路才戛然停止。之后姜文蔚在罗店行过医，为人代笔写过文契、家书，当过小官，但终于熬不过生活的艰辛，在友人的介绍下去了上海一位牧师家里做家庭教师，这一去让他的儿子姜豪，这个当年还是在田间水车上跳上跳下的顽童意外步入了数十年的政海浮沉。

姜豪生于 1908 年，在罗店读完小学随父亲来到上海，恰巧他的二哥在哈同路（今铜仁路）民厚南里创办了一所私立文蔚小

姜豪

学，他便跟随二哥定居在哈同路民厚南里。这条里弄里住着许多人，姜豪见过一位特殊的人物，平时多半穿着和服，他的夫人、孩子也时常穿着和服一起进进出出，姜豪以为这一家是日本人，过了好多年才知道他是郭沫若，那时候郭沫若刚从日本带着全家回国。

1924 年秋天，姜豪考入了南洋大学（今上海交通大学），从附中读起，直升到大学。同学们来自四面八方，有一天几位同学问他家乡何处，他高兴地介绍自己：“我自罗南来……”。1925年“五卅惨案”爆发，那天早上紧急集合的钟声震荡在南洋大学的校园，全体同学在大操场集合后依照班级分队，一个班级组成一个分队，两人一排，各个队伍集中为一个纵队，随后出发。他们的队伍秩序井然地沿着马路前进着，原本与上海大学相约了在浙江南路汇合后一起同行，然而上大的队伍迟到了，于是南洋在前，上大在后，向着南京路行进。队伍到达南京路约在下午 2 点，姜豪和同学们每人拿着一根贴着标语的小竹竿，边走边喊着：“支援日本纱厂罢工工人”“为顾正红烈士报仇”“保障工人利益”“释放被捕学生”……

游行到南京路，按事先的布置，他和几位同学爬上一辆小车车顶开始向人群讲演，突然一阵枪响，有人高喊“开枪了！”还在惊疑间的姜豪被同学从车顶一把推了下去，接着被拥挤的人流卷入一条弄堂，接着又被挤到了贵州路上。行人说巡捕在南京路抓人，南京路不能去，他只好向北走，到了北京路再向西到西藏路。西藏路口已经聚集了不少南洋的同学，大家临时商议去霞飞路(今淮海中路），这时他发现自己的竹布长衫上染满了鲜血，但身上看看又未受伤，同学们说太险了。当晚回校后各班清点人数，发

立夫先生钧鉴：

上月间王弘之先生自台探亲返沪，藉悉 先生佳况，敬祝健康长寿。

近来"台独"分子猖狂活动，为我两岸爱国同胞所痛恨。兹由方秋苇先生和我共同草就《反对"台独"，促进统一》一文，敬请 指正。文章不但表达我们二人的心声，也为大陆爱国人士共同的情怀。如有方便，可否请 先生转交台报发表。

方秋苇先生抗战期间在重庆担任《时事月报》副总编辑，抗战胜利后在上海主编《亚洲世纪》，现为上海财经大学退休教授，嘱向 先生问候。

此文同时邮寄百川先生。

专此，顺颂

文安

晚 姜豪敬上

1991.11.14.

通信处：上海大连西路195弄1号504室

邮政编号200092

國際孔學會議

INTERNATIONAL SYMPOSIUM ON CONFUCIANISM
AND THE MODERN WORLD

姜豪 1991.11.14. 上海大連西路195弄1號504室

上月間王弘之先生自台探親返滬，藉悉 先生佳況，敬祝健康長壽。近來「台獨」份子猖狂活動，為我兩岸愛國同胞所痛恨。茲由方秋葦先生和我共同草就「反對『台獨』，促進統一」一文，敬請 指正，可否請 先生轉交台報發表。又此文同時郵寄百川先生。

姜豪致陈立夫书信

陈立夫批注姜豪来信

现只少了同学陈虞钦一人，第二天才知道陈虞钦牺牲在了南京路上，年仅 17 岁。此时他失声痛哭起来，他觉得自己长衫上的鲜血就是陈虞钦留下的，他愤怒、他不甘，同胞遭受杀害、国家遭受摧残，侠气少年从此义无反顾地投入到了爱国运动之中。

姜豪晚年在回顾自己一生时曾说："在旧中国政治舞台上，我确实扮演过不少角色行当，从汪系'改组派'工运会主任，到蒋系'新生活运动促进会'书记，从 C.C 系中央组织部设计委员，到国民党中统调查局专员，从青帮的通字辈角色，到洪门的'坐堂大哥'，可谓无所不为。"但热爱国家与和平的姜豪深深厌恶国民党的腐朽政治，尤其反对打内战，1948 年 8 月他参加了民革地下组织，同年冬天，与中共华东局城工部地下组织建立了联系，从事策反活动，并与部分市参议员及工商界人士、慈善团体和红十字会方面骨干组织了临时性团体上海安全委员会，便于在过渡时期协助维持地方治安，开展救护伤员和救济难民等工作，迎接上海解放。1949 年 5 月 25 日清晨，苏州河以南全部解放，随着永安公司雷于斌等四位青年店员冒着国民党军队的枪弹，爬上公司楼顶绮云阁升起南京路上第一面红旗，姜豪等人通过电台及时播报了这一胜利的消息，同时上海安全委员会宣告成立，姜豪负责主持工作。

随着解放军进入市区，当地的警察局却未投降，在安全委员会的联系与政策宣传下，警察总局、老闸、新成、江宁等分局，以及国际饭店内的警察部队自动拉出白旗投了降，听候解放军前来接收。国民党见大势已去，纷纷撤逃，民政局局长陶一珊在逃跑前命令主任秘书王微君将全市户口册和民政局的珍贵档案全部烧毁后到吴淞口搭最后一艘轮船去台湾，不过与姜豪熟识的王微君听说姜豪在主持上海安全委员会工作，便询问他该如何处理，姜豪告诉了他解放军的宽大政策，必需保全全部户口册和档案，做好移交："解放全上海就在眼前了！"姜豪说。王微君听取姜豪的告诫，将这些档案保存了下来，为上海解放后的城市正常运转起到了积极的作用。

新中国成立后，姜豪担任了民革上海市委顾问、上海市文史馆馆员。最近我读到他 1991 年 84 岁时写给海峡对岸 91 岁的老人陈立夫的一封信，内容如下：

立夫先生赐鉴：

上月间王弘之先生自台探亲返沪，藉悉先生佳况，敬祝健康长寿。

近来“台独”份子猖狂活动，为我两岸爱国同胞所痛嫉。兹由方秋苇先生和我共同草就《反对“台独”，促进统一》一文，敬请指正。文意不但表达我们二人的心声，也为大陆爱国人士共同的情怀。如有方便，可否请先生转交台报发表。

方秋苇先生抗战期间在重庆担任《时事月报》副总编辑，抗战胜利后在上海主编《亚洲世纪》，现为上海财经大学退休教授，嘱向先生问候。

此文同时邮寄陶百川先生。

专此，顺颂

文安

旧属 姜豪敬上

1991.11.14

随信另有一封或为陈立夫秘书手抄的摘录信，这封摘录信的左侧陈立夫用毛笔写了两行字：“函询陶百川先生，该文已否介绍报刊刊登。立。”这篇文章是否在台湾报刊刊登过目前无从知

反對"臺獨"，促進統一
——對民進黨黨綱列入"臺獨"條款的異議
方秋葦 姜豪

當前世界局勢多變，臺灣海峽陰雲密佈。作為反對黨的民進黨，最近同潛入島內的"臺獨聯盟美國本部"分子，于今年10月13日在他們的五全大會上，公然通過將"建立主權獨立自主的臺灣共和國"寫進黨綱，主張"交由臺灣全體住民以公民投票方式決定。"這樣，民進黨就把自己從政黨政治的制衡作用變化為顛覆執政黨和脫離中國版圖的反叛地位。民進黨的變數很大，鬥爭方式是不擇手段，我們為臺灣前途的變局，憂心忡忡，特撰本文，表明大陸同胞對國體問題的關心。

臺灣自古以來就是中國的一部分，世居臺灣的本地人，都是大陸的后裔，與大陸唇齒相依。據《三國志》《吳志·孫權傳》記載：230年派遣衛溫、諸葛直率軍討伐夷州，今臺北市

方秋苇、姜豪《反对“台独”，促进统一》文稿

晓，文中写到分裂分子的言行不是言论自由的问题，也不是“民主”的问题，“而是脱离了中国人的轨道，割断大陆与台湾的脐带，分裂国土的叛国问题”，所以他呼吁两岸同胞要团结起来，“反对‘台独’，促进统一，振兴中华，维持国体”。姜豪先生的拳拳爱国之心已然纸上，毫无疑问，这篇《反对“台独”，促进统一》的文章对于当下仍然有着重要的意义。

1949，黎明在她眼前升起

上海很摩登，一百年前的上海就很摩登，大马路、霞飞路、静安寺路，多半会出现在今天书写上海的书里，然而上海还有着一个被叫作农村的地方，和一大群被称为农民的人，一百年前饱受压迫、尝尽辛苦，他们所有的仅是农田、菜地和三两间茅草屋，更有灾年与荒年。或许他们从未进卡尔登戏院看过戏，去大光明电影院看过电影，去大新公司买过百货，又或者从未读过一页张爱玲的小说，但他们与上海、与这座城市不可分割。

一

一间窄小的茅草屋，靠用草绳绑着十多根毛竹竿、细木头作

罗泾旧时景象（绘图：陆军）

为支撑，周身杂乱地糊着黄泥，避得了些风，避得了些雨，逢到大风大雨，瞬间倒为狼藉。茅草屋向北有一片树林子，村里死了的人被埋在那里，大家见惯了，没人害怕。向南的空地上堆着一捆捆稻草垒成的稻草垛，垒到两米高的时候由边沿渐渐向内收，直到稻草垛远远看去像个大蘑菇。稻草垛向前有个河塘，每当太阳收走余晖，夜色下袭来些风，河塘边的野草便簌簌地响，谁家的狗也会叫两声。尽管 1882 年的上海已经亮起第一盏电灯，但在落后的农村只能偶尔点上一会儿豆油灯，唯有这黑暗中充满了一点希望的光，照亮他们的世界。

这是 1907 年，这是 1907 年的罗泾，上海宝山的最北面，临着长江，与江苏咫尺相望。这方土地上的人们世世代代多以农业为生，虽然朴素勤劳，却没有丰厚的收成，那时候，那里只是一个个偏僻贫瘠的小乡村，少人问津，如同与世隔绝。

1907 年，小妹出生在罗泾一户普通的农民家里。她有一个比她大三岁的哥哥，后来又添了一个弟弟、一个妹妹。父亲白天在地主家干农活，晚上在自家地里忙碌，由于在地主家的时间比较长，往往顾不上自家的地误了农时，一家人只能喝些薄粥啃些地瓜。

小妹十岁那年父母亲接连得了病，面色洞黄，附近中医看后说是黄病，开过药方子，叫了赶紧去抓药。然而那时能有东西填肚子已属不易，哪来的钱买药。父母亲说熬一熬吧，会好的。于是一天天过去，父亲爬不起床了，每天只能在床上痛苦的呻吟，母亲的双腿肿得像两根老树根，没法下地做农活，只能眼睁睁看着地里的野草越长越高。哥哥去了地主家帮工，九岁、七岁的弟弟和妹妹饿得皮包骨头，整天围着母亲哭：“娘，我肚子饿……”“娘，我要吃的……”

旧时农村的小女孩身上会裹条布裙，小妹不会，每天早上都由母亲为她裹上。那天早上母亲在床边与父亲轻声说过几句话，叹着气将搭在一张小椅子上的布裙像往日一样为小妹慢慢裹上，裹上后双手轻揉的又抚摸了几下布裙，拉了几下裙角，布裙显得平整起来。母亲望了望小妹，继而低下头望着布裙说：“娘要出去一会儿，你在家里陪着爹爹和弟弟妹妹。”

见母亲出去，小妹问父亲母亲要去哪里，父亲说母亲去找村里的李家老三了：“家里实在没有吃的了，只好让你出去帮人家做事，你娘去和人家说去了。”小妹听完父亲的话，心里又急又怕，转身搬了小椅子来到窗口，爬上小椅子，伏在窗口向外望。“娘，你晚点回来吧，你回来，就要把我送人家了”，小妹心里想。渐渐远处有了母亲的身影，越来越近，小妹吓得赤脚跑出家门，向河塘边上的野草地奔去。

母亲回来见不到小妹，四处找了起来：“小妹，你去哪里了，小妹，回来呀！”小妹卧在草窝里不敢喘一口气，好一会儿工夫，才让母亲从草窝里拉出身子。母亲拍去小妹身上的泥和草，说：“孩子，不是娘不疼你，实在是为了活命，没法想了，才叫你去帮工，你离开娘，娘有多心疼！”听完母亲的话，小妹一头扑进母亲的怀里放声而哭。

天色黑沉下来。母亲牵着小妹的手回到屋里，折了一截野草做灯芯，放入小油灯，擦上洋火，屋子顿时有了微弱的光芒。母亲捋了捋小妹的头发，抚摸着她的头说：“孩子，要活下去，天总会亮的，我伲穷人会有出头的日子的。”

二

浏河属于太仓，在罗泾的西北方向，是明朝郑和下西洋的地方，虽然两地不算远，但陆路极为不便，1922 年 3 月才有沪太公司全线通车了一条从上海到浏河的沪太线。那天小妹跟着李家老三一路走到浏河，她不知走了多久，要去哪里，只记得出发的时候天是亮着的，快到的时候天快黑了。李家老三指了指不远处，说是娘娘庙，过了娘娘庙就到了。果然，小妹走着走着见到一座庙，许多人在庙里烧香拜佛，再绕过几个高高的门楼，他们进了一户陌生人家的门。

是里外两进式的双层建筑，跨过大门是天井，右墙摆了一口盛满水的大水缸。向前是前厅，正中央悬着一块木头牌匾。再向前有个院子，靠左种了一棵桂花树，花开银白。最里面是厅堂，用一块制作精良的青石栏与院子相隔，上面雕着百鸟朝凤、福禄寿喜。高高的墙、黑黑的瓦，两侧一间又一间的屋子，小妹在院子里看得入神，忽然一个男人走了过来。男人穿着红黑色相间马褂，生着一张粗糙发黑的四方脸，手握一个素面白铜水烟壶。李家老三弯下腰上前与他说了几句话，就转身对小妹说：“小妹，以后你就在这里做工了，要听话，我走了。”出门前母亲关照小妹许多在外胆子要大些的话，可这时，她拉着李家老三的衣角，不愿放开，李家老三望望她，松开她的手，独自走出了大门。

男人吸了一口烟，发出“咕噜咕噜”的声响，斜眼瞟了一眼小妹，随即回了屋里。后来小妹知道，他就是自己的东家老爷，东家还有一个地主婆，一个小少爷，七个长工，十六个短工，和一百多亩地。厅堂里许多人正围着桌子吃晚饭，走了好久的路，小妹的肚子早已饿了，她低下头，忍不住咽了几下口水。正在这时，从屋里跑出一个大脸的女人，伸出一根粗圆的手指指着小妹厉声叫道："小赤佬，有什么好看的，还不给我干活去！"小妹被这一声吓得不知如何是好，一个老佣人见了跑来拉了拉小妹的衣袖，对女人说："太太，我这就带她剥花生去。"小妹随老佣人进了厨房，老佣人说那女人是地主婆，脾气差得很，嘱咐她以后一定要听话。小妹紧紧靠着老佣人，轻轻"噢"了一声。

东家吃完饭，天上升起了月亮。月亮下面有块云，云压得低，月光透过云，把院子和屋子照得支离破碎。五六岁的小少爷嘴上抹着油，嚷着嗓子喊娘点灯，地主婆就喊小妹："小赤佬，叫你早点去点灯，怎么还不去，你耳朵聋了？"老佣人回了一声说马上来，转而对小妹说："太太等得急，你跟了我来吧，以后学我的样。"老佣人从土灶上取过一盒洋火，带着小妹走入厅堂。厅堂南墙靠着一张案桌，两侧各摆设了一个花几。案桌上供着幅云母山水小插屏，花几上却没有花瓶，各放了一盏煤油灯。老佣人熟练地取下一盏灯上的玻璃灯罩，旋了几下灯头边上的旋钮，绵绳做的灯芯就向上伸长了一些，点上洋火，再盖上玻璃罩。“先点厅堂的，再点老爷太太的屋子。”老佣人边说，边与小妹由厅堂左侧的楼梯上了二楼。点完灯，小妹继续回了厨房剥花生。小妹年纪虽小，但剥花生对她来说并不难，左右两只手的手指同时捏住花生，用力一按便露出红色的花生仁，她只是难过，她担心自己，她想着第一天来没有一口饭吃，往后的日子，会怎么样呢?

老佣人是浏河本地人，五十多岁的年纪，也是穷苦人家，早几年死了丈夫和两个孩子，经人介绍，孤零零一人寄身在东家家里做饭、带小少爷。老佣人拿小妹当了自己的孩子，不仅教她做家务，还为小妹挑下不少重活，让小妹觉得在这冰冷的家里存着唯一的一丝温暖。可是老佣人有回无意间敲碎了地主婆装茶叶的瓷罐子，被地主婆喊人打伤了一只手后赶了出去，自此地主家几乎全部的家务都压在了小妹身上，从井里吊水、淘米、做饭、洗衣服、扫地、养猪、纺纱、筛米、倒马桶……东家见她人小，特地打了两只小洋桶，一只喂猪，一只吊水。由于水重，小妹拿不动，剧烈摇晃的水桶总是溅湿身上的衣服。每天早上要倒马桶，一天清晨，小妹拎着马桶跨出大门时，由于门槛高，马桶碰着门槛洒了一地，地主婆找管家让她清理干净后狠狠抽了她两鞭子，又饿了她一天饭。每天晚上要筛米，由于米筛重，小妹双手捧着米筛一个时辰下来便腰酸背痛、头昏眼花。有天晚上，东家老爷躺在厅堂的摇椅上吸水烟，粗着气对正在筛米的小妹说："死过来，给我捶捶腿。"小妹跑来老爷身旁，跪下敲起腿来。老爷吸了一口烟，闭上了眼睛。小妹已累得眼皮像千金重的石头往下掉，一边捶腿，一边也闭上了眼睛，无意间头碰上老爷的腿，老爷猛地睁开眼睛，吸了一口烟，狠狠蹬了她一脚，把她踢飞在了地上。

匆匆四年过去，有人传话给母亲，说小妹在浏河被折磨得不像个人样了，母亲听了抛下手里的农活，顾不上穿草鞋，光着脚，忍着一路的疼痛跑去了地主家。地主婆见来了个光着脚皱巴巴的女人，说是小妹的母亲，要领小妹回家，扔下句："你放心回去吧，你女儿在我家有吃有穿，我马上又要给她做新衣裳了"，便打发走了她。那天小妹正巧去地里给长工送饭，回来听说母亲来过，匆匆追出门，却已不见母亲的身影，垂着头呆呆立在了门口。地主婆说："只要你不回去，我就给你做新衣服、新鞋子。"小妹望了她一眼，又垂下了头。见小妹不说话，她对管家使了个眼色，说："给我看住这小丫头，别让她跑了，她要跑，就给我打！"

家里一位干农活的长工，这天偷偷塞给小妹两只玉米，对她说："孩子，你快逃吧，另找个活路去。"小妹听着长工的话，双手颤抖着接过玉米，突然生出勇气来，将玉米放进身上布裙的口袋内，没有整理任何东西，她也没有东西可以整理，与长工道了别，拔腿往门外跑去，偏偏此时撞见外出归来的管家，"要跑，我要你的命！"小妹来不及闪躲，被管家右手抓起腰里的布裙带子，左手抓住脚，用力摔在地上。小妹的头撞上一块石头，嘴、鼻子涌出血，将地上染红一片。管家见闯了祸，怕出人命，抽身跑开了。小妹忍住疼痛，用布裙擦了擦脸上的血，心里只有一个念头："我要回家！"

三

东西二十里地，几条乡间小路连成回家的路。路两旁没有庄稼，一畦一畦荒地铺满了一片一片野草，野草下远远近近卧着一个一个坟包。野草绿中带着黄，黄中泛着绿，风吹来，绿色的叶子在坟包上闪出亮光。路边稀疏的柳条飞扬起来，纠缠交错在一起，像几条长蛇吐着舌头在追赶小妹。小妹拼命向前跑，披着头散着发，跑得跌跌撞撞，一个脚软，摔在地上，脸上的血迹和泪痕又蒙上了一层土灰，爬起身，继续跑。当她喘着粗气推开家门

回家（绘图：陆军）

的时候，空荡荡的屋里，只有父亲在床上奄奄一息地躺着。

“是谁呀？”小妹耳旁传来虚弱的声音。

“爹爹，是我呀！”小妹快步奔到床前“哇”一声哭了起来。

父亲睁开眼睛，望着小妹，抖动着干裂的嘴唇说：“小妹，你可回来了，给——给我一点吃的吧。”小妹从布裙里取出玉米，双手送到父亲面前：“爹爹，你吃吧。”父亲看了看，摇头说：“太硬了，我咽不下去，你有没有从东家带蒸米糕来？”小妹听完父亲的话，哭声愈加大了：“糕？对不起爹爹，没有。你看我头上还流着血。”父亲看着小妹，似乎明白了一切，心痛得不再说话了。

隔壁一位大娘听见声响走了进来，见小妹回来，走到床边扶起跪着的小妹，用自己的衣袖为她抹了抹脸上的血迹和泪痕。小妹抱住大娘，抽搐着身子问：“大娘，我娘呢？我弟弟妹妹呢？”“小妹，你可知道，你哥哥已经做活累死了，你妹妹饿死了，你娘拖着病带着小弟出去要饭去了，你爹躺在床上动不得，这日子你以后怎么过呀。”大娘说。

家，小妹满心期待的家，现在已家破人亡，死的死，病的病，除了一间破草屋，缸里没有一粒米，灶里没有一根柴，这还是家吗？

第二天早上，小妹沿着家附近的一条小河没有目的向南走。不知不觉，下午走到了新镇。

罗泾的南面是月浦镇，两地相接的地方最初不过三四间茅草屋，因有一条河，有僧人集资在河上建了一座桥、河边建了一座庙，渐渐多了人家，又有了小木行、布庄、药铺、茶酒店……有人就将这热闹的市集叫作了新镇。

一户人家门口，有位三十来岁的女人见小妹心神不宁地走着，问她要去哪里，小妹望着女人，一肚子的酸楚涌上心头，向她吐露起自己的种种不幸来，女人听后说："到我家来做工吧，一个月四十个铜板，你愿意就留下。""我答应。"小妹露出难得的笑容。然而一个月很快过去，东家没有给小妹一个工钱，对小妹说："我先给你保存着，你继续做，等你要走了我便给你。"小妹信以为真，当四个月过去，她以为自己存下一百六十个铜板，可以回家给父亲治病的时候，东家反而骂起了小妹："小赤佬，你弄丢了家里一把小刀，算你白做了四个月了。"小妹觉得冤枉，却毫无办法。

几天后，东家隔壁来了两个客人，在新镇闲逛时见小妹在河边洗衣服，手脚利索，衣服洗得干净，上前问她是哪家的姑娘，小妹说是罗泾的，在新镇做工：“上海有人家每月能出一百五十个铜板，你愿意去，我们明天在浏河等你。”来人说。小妹听了高兴，想着能用一百五十个铜板为父亲治病，便匆匆洗完衣服，回东家辞了职，东家没有挽留，给了她几个铜板随她离开。傍晚时分，小妹到家见了父母亲，说要去上海做工，母亲说好，正要出门，天突然下起大雨。家里没有伞，母亲说等一会儿再走吧，小妹怕错过做工的机会，和父母亲道了别，随即冲进雨里。母亲拿了自己一件衣裳，追上小妹，把衣裳披在女儿身上。小妹看看母亲，点了点头，走了。走出一段路，小妹回头望望，母亲依旧站在家门口，小妹擦了擦掉入眼睛的雨水，转过身，在泥泞的路上，向浏河走去。

四

新东家姓滕，是开纱厂的，住在新闸路一幢五开间的两层石库门里。家里有一个母亲、大小两个太太和一个小少爷。每天天不亮，东家仍在熟睡时，随着粪车隆隆而来，小妹拎着马桶推开那扇黑漆的铜环大门，一天的劳作开始了：洗被子、洗一家人的衣服、做饭……直忙到晚上东家一家人睡熟，才能休息。每天小妹伺候老奶奶吃过早饭，老奶奶便把自己关在一楼靠东墙的佛堂里念佛，下午或晚上由大太太陪着去戏园子听戏。小少爷是大太太生的，老奶奶说，家里的一切都得听大太太的安排。大太太爱挑剔，常嫌小妹煮的菜太咸，洗的衣服不干净，对小少爷不亲，便常常对着小妹扯头发、掐手臂。二太太是老爷买来的小妾，有着当电影明星的野心，右手拿着纸烟，时不时叼在嘴里的样子倒真像美丽牌香烟盒上的模特，可是老爷关照大太太对她管得紧，不让她出门，二太太心里有怨，把气全撒在了下人身上。照例每周三天的下午她约了人在家里打牌，那天输了牌见小妹正在洗衣服，把手里未吸尽的一支烟扔进洗衣服的木盆里，接着一脚踢在木盆上，不想踢疼自己的脚，愈加来气，端起木盆，把盆里的脏水、衣服和烟倒在了小妹身上。

20世纪20年代，西方文化已涌入上海，对上海产生了巨大的影响，服饰文化同样有了许多改变和升华。这是小妹第一次在上海做工，老爷的洋装，配上锃亮的皮鞋，老奶奶、两个太太各种款式、各种颜色的旗袍、大衣，看的小妹眼花缭乱，然而小妹身上只有一件单薄的布衣服，和母亲给她的那件衣裳，东家没为小妹添过衣服，小妹只能把这两件仅有的衣服穿得小心翼翼，脏了自己搓搓，破了哪里扯块碎布自己补补。天气暖和时都能应付，冬天却难熬了，这单薄的衣服哪能抵挡刺骨的寒风，刷马桶时冻得发麻的身体除了忍受刺鼻的气味，握不住马桶刷的两只手不得不轮流放进嘴里、放在额头上或伸进脖子里取暖，手指头、脚趾头满是疮，哪怕她不停地在地上像只跳蚤一般的跃起。

房子的顶上有个阁楼，需要借助一架梯子才能爬得上去。东家把阁楼修成了大小两个空间，中间用木板隔着。大的堆满了皮箱子、木箱子，小的仅容得下两三人躺下，没有任何家具，成了夜晚小妹躲避这世间苦难唯一的地方。与她最亲的是地板上铺着的那张草席，和草席上垫着的那张因使用久远而磨去了花纹的棉花毯子，那是她的床。屋顶有一扇老虎窗，每次睡下，小妹透过老虎窗看得到窗外的星星，望着星星，她总想起母亲的话，她想问母亲："娘，天真的会亮吗？我伲穷人真的会有出头的日子吗？"

两年下来，有天早上小妹迟迟没有起身，大太太以为她偷懒，叫了人要把她吊起来打，去的人却见她瘫在阁楼上不能动弹，说不出话了，大太太觉得这臭丫头怕是要死了，万一死在家里晦气，不想惹麻烦，便叫人拿了些棺材钱，派人将小妹送回了罗泾。

母亲见女儿已病得半死不活，人瘦得像根木柴，脸黄得像张蜡纸，眼睛深深凹陷得像具骷髅，抱着她的手不舍得放开。邻居见小妹神志不清，明明点着灯，嘴里却喊母亲要点灯，明明母亲在跟前，却视而不见，就催母亲赶紧去买具棺材，准备后事了。母亲不肯，说："女儿要死了？我不信，如果她死了，我也不活了，这点棺材钱，我给她买药……"就这样，靠着母亲熬尽心血日夜照顾，小妹竟死里逃生，活了下来。

小妹的舅舅日后送小妹陆续到上海的几户人家去做过丫头，算起来自小妹十岁出门，前后在十二户人家帮过工，也去闸北的纱厂做过工，尝尽人间的辛酸，最后因为脚上生疮行动不便，回到了家里。回来的那天，她在路上捡到一个铜板，换了两只酸梅子充饥，含着酸梅子，她看着自己身上的破衣服，离家时穿着它，回来时依然如此，只是更破了，原来自己一无所有。

五

罗泾有句俗语，"螃蟹剪草海滩田，海龙王作对大荒年"，意思是海滩田不会有多少收成，碰上江水淹了庄稼，只能颗粒无收。因为宝山地处海滨，境区有百多公里岸线襟江带海，每年夏秋之际，常因台风、暴雨等侵袭造成严重的灾害，引起大饥荒，需要依赖官府的赈粥济贫，才能勉强维持生计。

小妹二十一岁那年，经了村里人介绍，嫁去本地一户张姓人家做了媳妇，这时父亲已经去世，弟弟外出当了学徒，家中只剩下母亲一人。小妹和丈夫一起种着海滩田艰难度日，第二年她们有了一个儿子，接着有了两个女儿。小妹是吃过苦的人，她不怕苦，只希望太平地过些日子。

1937 年 8 月 13 日凌晨，村里养鸭的阿兴去江堤旁给鸭子捉饲料，见停在长江上的日本军舰发射了照明弹和炮弹，踉跄着一脚踩在湿滑的草上摔了一跤，爬起身匆忙往回跑，高喊着："东洋人打来啦！东洋人打来啦！"没跑多远，阿兴被日军开枪击中，死在了江边。由于中国军队没有准备，守卫在罗泾沿江的中国军队只有一连兵力，且分散在石洞口至薛泾塘约十几里长的江岸线上，面对日军从罗泾南石洞口附近的黄窑湾、中部小川沙港和北面薛泾塘三处发起的大兵团登陆进攻，虽然进行了抵抗和反击，终究寡不敌众，很快全部壮烈牺牲。

日军上岸后，一把火点着了紧挨着江边的宅子，十多户人家几十间房屋被烧成一片火海，侥幸从火海中逃出的百姓，四处逃散着告诉乡亲们快跑，小妹与丈夫慌乱中一人挑一个担，装着锅子、碗、被子，后面跟着年迈的婆婆和三个孩子，一路向西逃去。

两天后，小妹一家到了无锡，在无锡南门外，小妹的丈夫打算寻些柴草铺在地上过夜。走过一座砖瓦窑时，遇上六七个国民党自卫队，不由分说把小妹的丈夫打得头破血流，直到他倒在地上没了动静，才扬长而去。

丈夫许久不回来，小妹安顿下婆婆和孩子外出寻找，没想见到自己的亲人倒在血泊之中。小妹跪在丈夫身旁，呼唤着他的名字。过了好一会儿，丈夫苏醒过来，低沉着声音说："不要紧，我还活着，当时我只要再哼一声，这些强盗就打死我了。"小妹把他从地上慢慢扶起，一气背着他走了好几里路，找到一间荒废的老祠堂。推开破旧的木门，院里的草已没了人的膝盖，墙边靠着几架木头开裂的农具，正中间摆着十多具棺材，棺材前方有个案桌，案桌上的香炉里洒落着半炉香灰，边上凝固着一摊蜡油，竖着的几块牌位和几个丑陋的泥塑鬼神逼得人一身寒气。小妹大着胆子拼起两具棺材，铺了些柴草，与丈夫睡了一夜。第二天小妹怕丈夫被当作伤兵捉去，让他躲在祠堂附近的河沟里，自己接上婆婆和孩子去要了些饭，待到天黑，继续住在了祠堂里。小妹的丈夫说："以后要让咱儿子也去当兵。"小妹说："不，也要他拿枪去欺负人？”“我要他去当个好兵，去杀日本鬼子，去打坏人打土匪！——儿子，以后也去当兵好吗？”

11月23日，小妹一家人从常州回到罗泾，然而眼前的罗泾已面目全非，房子被烧光了，地里的庄稼被烧焦了，死了两千多人，回来的乡亲，人人在惊恐和饥饿中数着日子。日本人上岸时，小妹的母亲收拾了东西正准备逃走，一颗炮弹突然掉下来，炸伤了她的脚，没法走路。没有药，伤口渐渐溃烂，生了许多小虫，母亲只得将脚浸在水桶里。开始有人给她送些东西，渐渐村里人逃光了，母亲便强忍着疼痛，找来四块砖头，上面搁一块木板，躺在稻田里，靠两个青南瓜充饥。不久扫荡的日军在稻田里发现了母亲，将她一刀刺死，直到小妹回来收尸，她身边还留着半个没吃完的青南瓜。小妹说，这血海深愁，一辈子忘不了。

小妹和丈夫搭了一个草棚算作安身之所，为了生活，不得不一人种地，一人接着外出要饭。也许过于劳累，地里的庄稼在渐渐生长，丈夫的伤口却时时作痛，有时大口大口地吐血，勉强支撑了五年病死了。临死前，他知道小妹的日子会更难熬，对小妹说："家中没有东西了，对不起，我死后要让儿子去当兵，女儿去做童养媳吧。”

小妹的日子的确更为难熬，婆婆和三个孩子全靠她一人照顾，生活的重担压得她喘不过气来。那些日子，天上下雨，她要去地里，天黑了，她要去地里，逢到春耕插秧，就在田头住半个月，不过日子再苦，她依然相信过去母亲对她说的那句话："孩子，要活下去，天总会亮的，我伲穷人会有出头的日子的。"

六

1945年8月，那天午后，大太阳底下，小妹正在地里摘黄瓜，一块蓝色土布包裹着她的头发，额头是一滴滴的汗。儿子跑来地里，告诉她日本人投降了，小妹听了停下手，问："真的？"儿子答："真的。村里人说报纸上都登了。"小妹让儿子回去，独自跑去了母亲坟上。

过了几天儿子又对她说，村里有人给他在吴淞的永安纱厂找了事做，他要去吴淞。小妹在纱厂做过工，知道纱厂做工的艰辛和"拿摩温"的狠毒，本不希望儿子去，但想着日本人投了降，纱厂不会欺负人了，也就同意。然而儿子一去就再没有回来，她曾托人去吴淞时打听过几次，却毫无音信，这让她觉得自己的儿子已经遭遇不幸。

解放军到达月浦后向国民党守军发起攻击
上海解放后宝山各界在街头进行庆祝活动

1949年5月，解放军攻打上海，5月12日夜里到达月浦后向国民党守军发起了攻击。那几天小妹坐立不安，没心思下地，守在家里时不时望着月浦方向的炮弹一次次爆炸后升腾起的火光把天上照得又红又亮。村里人说月浦快烧光了，老街都打烂了，小妹听了害怕，但十多天后战火平息，村里人又个个笑着说解放军打跑了国民党，上海解放了，满大街飘着红旗，是共产党来了，我们的好日子来了。

一个月后，有位年青的解放军来村子找小妹，村里人将他领到小妹家里。小妹问他是谁，他说是小妹儿子的战友，原来小妹的儿子在攻打上海时牺牲了：“战斗打得很激烈，我们团3000多人的队伍，最后只剩下几十人。他之前给了我地址，我答应他，如果我活着，一定替他来看看你。”解放军说。

由于部队刚进上海任务重，解放军待了没多久，便向小妹道了别。待他走后，小妹默不作声，独自坐在了窗前。渐渐地天黑了，和家人吃了些东西就睡了。天快亮的时候，她怎么也睡不着，起身披上件衣裳又坐向窗前。窗外星星点点的萤火虫在漆黑的夜里漫天飞舞，一会儿落向草丛，一会儿扑向树丛，一会儿又飞向小妹，落在她的脸上。年过四十的小妹，黝黑瘦小的脸上被生活雕琢出的那一道道皱纹此时愈显深刻，像糊在草屋身上那些干裂的黄泥，俨然六七十岁的老人。

“儿子是个兵了，是个不欺负人的兵。”她喃喃自语。不一会儿，黎明在小妹的眼前，慢慢升起。

遇见《行知诗歌集》

老李狭小的旧书店有两排破木架子，一架靠着墙、一架对着门，各上下六层装了两三百来本旧书。我没有问过他这些书是从哪里来的，寻书对他们而言，二三十年的不足为奇，五六十年的很平常，上了百年的总有办法。每本书都经他仔细辨别、重新定价，价格用铅笔写在了书背面左下侧的空白处，绝无二价。旧书店里来来往往不少“书虫”，视线大多停留在中间三四五层上，少有人蹲下来看看一二层，更少有人踮起脚来翻一翻两米多高的第六层，于是他把好卖的小说、传记放在了三四五层，一二层以毛笔字帖为多，六层则放了砖头重的大画册。那天我偶然抬抬头，见到六层一本建筑摄影的画册边上竖着本小书，书脊印了“陶行知”

三个字，我好奇踩了他的小凳子，取了下来。

一本500页的诗歌集，书页昏黄暗淡、斑驳稀松，已然抹上岁月的霞光。封面靠了上半部勉强粘连，否则骨肉分离散了架了。正中的书名，“行知诗歌集”，粗粗五个黑字倒让这本书既显眼又厚重。书名左侧印着“大孚出版公司发行”，右侧是毛笔手写的两行小字：“孟邹先生惠存，陶行知先生纪念委员会敬赠”。

1945年，陶行知与多位文化界人士在重庆创办了一家出版公司，酝酿名称时，郭沫若说：“人民要大声疾呼，就叫‘大呼’出版公司吧！”大家表示赞同，不过谨慎考虑后仍然隐蔽地取了“大呼”的谐音“大孚”。完成登记的手续，陶行知担任了总编辑，总经理是沙千里，编辑是翦伯赞、周竹安。

任宗德是位电影制片人，创办的昆仑影业公司拍摄过《一江春水向东流》《三毛流浪记》《乌鸦与麻雀》等经典影片，他的太太周宗琼是位爱国实业家，抗战胜利后两人自重庆来到上海，买下了徐家汇附近的余庆路爱棠新村13号，一栋三层楼的连体花园别墅，作办公、作寓所。1946年4月间，陶行知也由重庆回到上海，“大孚”随即迁回上海，在山东路开了业，陶行知为大孚出版公司题写了招牌，以后这一手迹就印在了“大孚”版的书

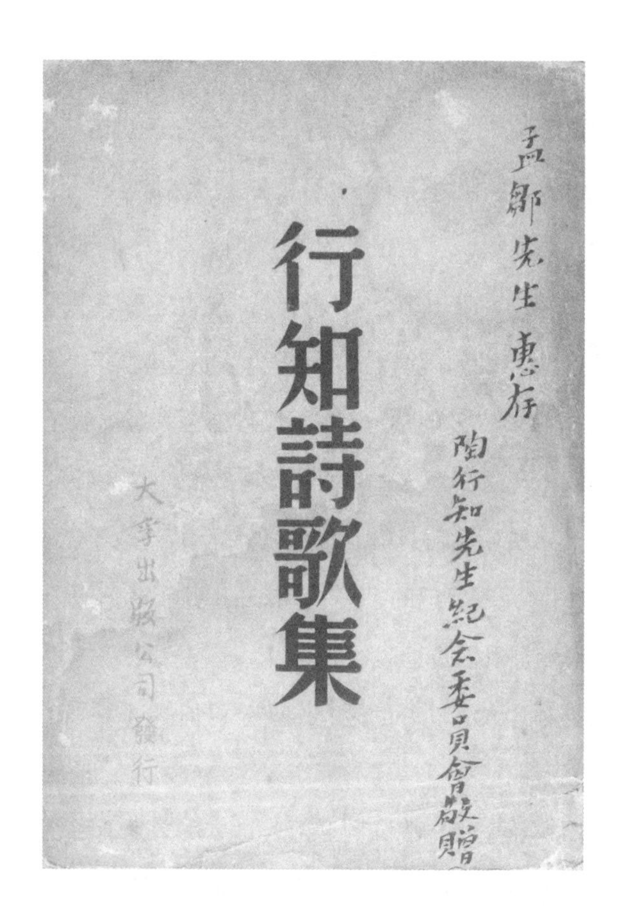

《行知诗歌集》

籍封面上，正如这本诗集封面所印着的。不久“大孚”搬入了爱棠新村13号，至此13号的底楼是会客厅、餐厅，二楼用作“大孚”的办公处与任宗德夫妇的卧室等，三楼住了陶行知。

7月25日上午10点样子，田汉带着女儿去看望在泰安路佛光疗养院治疗黄疸病的翦伯赞，午餐时一位青年人慌慌张张跑来告诉他们陶行知中风了：“已经断了一次气，现在很危险！”听到这消息，翦伯赞因病情较重无法行动，医院的李佛光医师换了衣服，与田汉一起随青年人焦急地赶往了爱棠新村。未等上楼，就听大家说：陶先生不在了。他们不信，仍然提着药箱上了三楼，三楼站满了人，李医师查了脉搏，查了心脏，叹息着摇了摇头。没多会儿他们回到医院，悲痛地带回了陶行知逝世的噩耗。翦伯赞从床上用力地爬起，拉住李医师的手问：“是不是中毒？”李医师说：“不是中毒，是脑溢血。”“真没有救了吗？”“太迟了！”李医师答。翦伯赞禁不住流下热泪，放声大哭起来。

为了悼念陶行知，友人们成立了“陶行知先生纪念委员会”，“大孚”赶排了《行知诗歌集》，1947年4月出版，郭沫若对全书做了校读。老李这本封面上题赠的“孟邹”是汪孟邹，上海著名出版机构亚东图书馆的创办人。陶行知与汪孟邹是安徽同乡、多年的友人，他的第一本著作《中国教育改造》由亚东出版于1928年4月，第二年亚东接着出版了陶行知的《知行书信》。当年亚东的常客中有陈独秀、陶行知、胡适，三人因生肖皆为兔，陈独秀生于1879年，比陶行知、胡适大一轮，他们成了众人口中的亚东三只兔子。

陶行知是教育家、思想家，他似乎从未说自己是位诗人，这是我第一次读他的诗，小心仔细翻读着每一页，时而会心一笑，时而陷入沉思。他的诗没有朦胧的意境、晦涩的词句，写人描景绘物不拖沓、不啰嗦、不故作风雅，通俗易懂，内容多是时代离乱中的儿童、农民及弱小，用他自己的话评论，他的诗："是冰天雪地下的穷人的窝窝头和破棉袄。" 1932年陶行知在上海宝山大场创办了山海工学团，提出了"小先生制"，由于大多时间他穿着自己唯一的一套藏青色的学生装，旧得不成样子，农民们为他写了一首诗，诗里说："衣裳农民化，知识化农民，用了新的思想化农民，对待百姓如亲人。温和态度指教我们，农人见您如亲人……"然而他们的亲人倒下了，他们想念他，几位农民给《民主报》寄去了一封信，他们告诉报社，他们是乡下人，不会写文章，那位常在农村与孩子们在一起，给他们剃头、洗澡、教书的穷先生陶行知，他同老百姓们在一起，他是好人。1946 年 9 月 13 日，《民主报》刊发了这封信的全文和随信的悼文。

曾有人读了陶行知的诗，认为他是没有幽默感的，这到底怀了偏颇之意，诗歌集里有几首为“小先生”写的诗，有一首《送三岁半的张阿沪小先生》：“我是小娃，床上滚冬瓜，妈妈教我，我教妈妈的妈妈。”也有《雪罗汉》《雪狮子》：“大胖子，笑嘻嘻。太阳一来，化作烂污泥。”“雪狮子，假威风。太阳公子会打猎，把你活埋污泥中。” 简简单单的句子，洋溢着浓浓的孩童的天心与天真，何尝不幽默？沈雁冰说，初识陶行知只觉得他是位古板的老先生，日子久了、来往多了，才发现这位古板的老先生骨子里原来是个“顽皮的孩子”。

按老李封底的价格，我把书买下了。书的责任编辑是周竹安，负责校对的是助理编辑王敏，周竹安逝于 1977 年，王敏新中国成立后是上海文史馆馆员，前几日请教文史馆友人陈挺，她说王敏生于 1922 年，最新文史馆的通讯录中不见他的名字，是否健在，要待她打听打听。不多时，她来消息说老人已经去世了。真遗憾，封面上那一笔恭恭敬敬的小楷是谁的手笔，暂时无从考证了，对于陶先生，我却越发敬慕。

红蔷薇

罗店是个稀奇的地方，数百年前的一个大渔村，因为有个叫罗升的人在这里购屋开店立了招牌，“罗氏店堂”，久而久之这渔村的名字就成了“罗店”，到了清代商业愈加发达，罗店成了人们口口相传的“金罗店”。这“金罗店”在上海的宝山，1964年，大画家陆俨少随上海中国画院诸位画家一同到罗店深入生活时画了一幅《金罗店》，画面中推着自行车的男女老少们在乡间小路上蜿蜒向前，个个喜笑欢颜，自行车的后座堆着沉甸甸的粮食。一方水土养一方人，这些粮食养育了我，养育了许多人。

我小时候住在罗店，农乡生活朴素简单，白天明媚，夜晚苍秀，偶然一阵细雨，田野间粮食果蔬花草尽是黄黄嫩嫩的生机，那是

旧时罗店景象

我最无忧的一段时光。自念小学起我搬入了宝山城厢，逢到年节或周末休息，父母仍然会带我回罗店外婆家与亲友们欢聚。外婆家在挨着塘西街的一幢公房底楼，楼房向北对着一条河，名叫练祁河，据说因为“流水澄清如练”而得名。清乾隆举人范连的《罗溪杂咏》写到过这条河：“练水西来清且涟，波光近与界泾边。不须更访罗升宅，烟火今经五百年。”看来它的清澈明净自古绵延。

外婆家有个十七八岁的邻居小姐姐叫小蕾，圆圆的脸，小小的眼睛，一头齐眉的刘海短发像电影里的旧时女大学生，如果配上一条围巾、一件灰色上衣，她一定是位身怀家国情怀的巾帼革命志士，不过那时她才在镇上念高中。十足文艺女青年的派头，课余爱读徐志摩的诗，随便背得出“我不知道风是在哪一个方向吹——我是在梦中，在梦的轻波里依洄。”随便背得出“轻轻的我走了，正如我轻轻的来；我轻轻的招手，作别西天的云彩。”不过她不喜欢徐志摩，这位才子让他又爱又恨，因为才子的第一任妻子，张幼仪。张幼仪是宝山人，小蕾姐姐总是心疼自己这位同乡与徐志摩在一起时吃了不少苦。她带我去镇上老街逛过两三回，有回在老街电影院门口碰见卖糖葫芦的，她买了两个，她一个我一个，就这样，一边我们嚼着甜甜酸酸的糖葫芦，一边我听她说着张幼仪、张幼仪和徐志摩甜甜酸酸的故事：“乡下人怎么了，乡下人纯朴、勤劳、厚道。”她维护张幼仪的态度义正词严。

小蕾姐姐家在练祁河边上另有一处房子，房子沿河种了一排蔷薇花，花开红色，艳艳如火。她家在外婆家隔壁那间屋子小，只充当了晚上的卧室，其余时间她都在河边的房子温课写作业。我有空常去那里找她，偶尔翻她桌上零乱堆着的一本本徐志摩。

那天我在一本徐志摩的诗集里翻出一页折得方方正正的纸，未及打开，她抓过纸，自己打开先读了读，不屑地说是班上一个戴眼镜的男生偷偷塞给她的情书：“真土，白戴了一副眼镜，毫无徐志摩一点才气！”她扔给我，“看不看？”我接过信，信上第一行，“美丽地雷”。“名字都写错，好意思给你写信。”我说。“不理他，不理他。”她将信折好夹回书里，“好歹是我收到的第一封情书，可以留念。”她圆圆的脸笑成了一朵半开的红蔷薇。不过几天后那封信让她爸爸瞧见了，她妈妈为她整理书桌时在书里发现了这封信，生怕女儿分心耽误学业，焦急把信给了她爸爸，她爸爸不听女儿任何解释，大发了一次脾气。第二天我去找她，小蕾姐姐不见难过，反而洒脱：“信撕了，书撕了，书有好多呢，让他撕。”她扬扬嘴角、扬扬手：“走，河边走走去。”

练祁河边上是我和小蕾姐姐常去的地方，伴着一条条泥沙船在河上忙碌的来来回回，我们总爱看看村民们挑水浇菜地，看看几位老人在河边上钓鱼，看看延河的居民在河边上洗物件……我们看着这条罗店的母亲河，饱满丰盈地滋润着两岸的土地。那天走着走着，她突然问我：“你去过玉皇宫吗？”

玉皇宫在练祁河的另一边，正对着小蕾姐姐的家。寺院建在

旧时罗店景象

明代，五百多年了，在罗店香客极多、香火极旺。我有位舅舅，极有生意头脑，靠着公房外墙，用铁皮严严实实给外婆搭了间小房子，不晓得他从哪里弄来的香烛锡纸，玉皇宫附近第一家香烛店诞生了，老太太开始在家门口做起了小生意。那是80年代末，每次我们回到罗店，大人们就围坐在外婆的小店里，偶尔在店里的大桌子上包馄饨、准备饭菜。附近来来往往的熟人，路过多半要聊上一会儿，连玉皇宫的不少法师也会来寒暄几句，要请大家

旧时罗店景象

去寺里坐坐吃吃茶。我跟着小蕾姐姐去玉皇宫的时候天已黄昏，香客们走得差不多了，大殿黑漆漆，剩下两三位法师在收拾物品，她虔诚地对着菩萨双眼闭合、双手合十、口中默念，抑或跪在蒲团上叩拜。我独自在一尊尊佛像前游荡，发现一尊尊佛像此时竟然怒目圆睁，一派肃杀，我倒吸一口寒气，匆匆走了一圈，害怕地拉着她离开了。我好奇问她是不是许了愿？能不能告诉我？她把手搭在我肩上，一脸认真："那可不行，说了不灵了。"接着岔开话题，带着我离开了玉皇宫。

前些日子随友人去了崭新的玉皇宫——今天的宝山寺，全木的晚唐式建筑，佛像庄严祥和、大殿明亮巍峨，十分壮美。参观结束，我在寺门前驻足凝望，凝望依然清澈明净的练祁河，凝望河对岸朴素的老房子，旧梦翩然飘回。那年从玉皇宫出来，我和小蕾姐姐在练祁河边上走出没多远，我在地上捡起一块薄薄的小石片，朝着河中央打水漂，一、二、三，水面跃起三朵小小的涟漪。小蕾姐姐开心地也捡起一枚碎石，弓起身子，奋力朝河里扔去，瞬间我看见彩霞飞扬，霞光将她的笑脸染得红彤彤的，像一朵绽放的红蔷薇：那枚碎石随之沉入水底、沉入我的心里。

城北少年往事

这个叫作光明村的村子在上海这座城市的北面，在宝山罗店古镇一个不起眼的地方。村子并不大，平行排列着好几个宅子，每个宅子好几排房子，住着好几十户人家。村子前面有一条河，一条很深很宽很长的河，20 世纪 70 年代大兴水利的时候，数万人浩浩荡荡花了近一个月时间开了这条河，挖出了古墓，古墓里有老钱、老罐子，有人说是清朝的，有人说是明朝的，那个年代，没人懂，于是砸的砸了，扔的扔了。村里人始终不变的是天生守着农民的本分，很少幻想，用勤劳、用力气，在太阳底下慢慢咀嚼最纯朴的时光。春种一粒粟，秋收万颗子，这条河浇灌的这片土地，给了他们最大的回报。

光明村

四十多年前我出生在这里，没有山、没有风景，却有着这样一条河。母亲说我小时候坏事做尽，翻了墙钻进邻居家的院子，将葡萄架上才长出的青葡萄摘的一颗不剩，在幼儿园偷吃别位小朋友自带的饭菜……为此常常有人上门来告状，我自然免不了母亲的一顿打骂。然而我有着一副农村孩子天生的硬骨头，从二楼摔下一楼不会喊一声疼，跌在路上一个石子嵌入膝盖不会哭一声，额头撞在阳台的水泥栏杆上不会流一滴泪，身上毫无畏惧地留下一道道伤口，忌惮的倒是家人说的关于这条河的故事。他们说许多年前这条河是条弯弯曲曲的小河，我们家的老宅原来在小河环绕而成的小岛上，房子后面有片竹园，逢着冬天春天有吃不完的笋，房子前面是一大片空地，空地挨着小河，河水清清照得见人的脸，淘米洗菜洗衣服都在这条河里，但河里住着一条成了精的鳝鱼，白天躲在河底睡觉，晚上变为女妖来村子里吃孩子，这故事让我安安分分了无数个夜晚。

不过我仍然爱往这条河边上跑，河的沿岸是大片的棉花田。棉花在这里是“万花之王”，今天的镇上还有一座屡经战火、屡次重建的花神堂，见证了罗店数百年棉业的繁荣。前两年有位书商卖给我一幅记录了 1943 年 5 月在花神堂内成立“罗店棉业中小学校”文字的拓片，罗店本地的两位文人金其源、朱六階分别撰文书丹，文中说罗店有“烟户几万人口，五之土产以木棉为大宗”。

运送沙石水泥的船在河面来来往往，有时开得快，有时开得

羅店為昔屬嘉定今隸寶山一鄉鎮煙戶幾萬人口五之土產以木棉為大宗瀕海瘠素稱富庶是以科舉時代多帶經而鉏文風亦稱盛焉自科舉廢而學校興注重科學忽視舊章有心世道者雖日以教育普及呼號於眾致教育愈普及世道愈衰微其故在上以是求下不以是應或以興學為號召或以興學碩考成甚或以興學謀漁利安得不教育與世道日相背道而馳耶馬君履安憫焉憂之爰聚所業同志籌集經費就花業公所建築校舍倡辦羅店棉業中小學校以冀一反從前之積習嘉惠青年餉遺後進末俗於是挽頹風於是振我知他日必有聞風繼起者矣則是校之設其關係豈第羅店一鎮已哉不可無文以記之

中華民國三十二年五月上浣同里金其源撰 朱六階書

花业公所倡办罗店棉业中小学校纪念碑拓片

（建于 1943 年 5 月）

慢，有时靠在岸边。船上的女人会在河里洗衣服、在船上做饭，他们的狗站在船头立的直直的不停摇尾巴。偶尔我趁主人在船舱里的档，抓起颗石子朝狗扔去，它便冲我叫两声，却不敢下船。我不清楚这些船是从哪里驶来的，又要驶向哪里去，我跟着船上马达有节奏的“突突”声在棉花地里跑，棉花真白，白的像雪，随手摘一颗，拨去坚硬的外壳，把它扯碎，用力吹上一口气，它霎时变成了蒲公英，跟着我飞了起来。

从我能够记事起，我知道村里有个比我大了十多岁的阿四，人长得黑黑瘦瘦，整天痴痴呆呆的在村子里四处游荡，手里少不了一个破碗，见谁都笑，不懂事的孩子向他扔石子，喊他傻子，他也笑。起初我以为他是要饭的，后来听村里人说阿四小时候在河边石桥上伸手摸鱼，不小心跌了进去，幸亏有人路过救了起来，虽保下了命，人却什么都不知道了，村里迷信的人说河里以前冤死过人，阿四的魂是叫水鬼勾了去了，所以变傻了，为此，阿四的爹娘请了做法术的在河边念了三天三夜的经，但毫无用处，阿四没有任何好转。

我们没人知道阿四的名字，他家里人叫的是阿水，做法术的说这么叫着魂会回来，本地土话里“水”和“四”一个音，叫着久了就成了阿四了，不知原委的以为他在家里排行老四，其实他是老大，他有一个弟弟、一个妹妹。他的弟弟我很少见到，他妹妹叫冬妹，比我大三四岁，生在冬天，人长得清清秀秀，有回我跟着她去土山上割野草喂猪，她手里一把镰刀割死了一条蛇。当时我告诉她有蛇，她不信，用镰刀拨开草堆的刹那，一条青蛇立起身子，正张着嘴，她吓得退后两步，吁了口气，突然一刀砍掉了蛇头，扯过把草抓起蛇还在扭动的身子扔进了竹篓，说猪能吃。阿四虽然傻，可他知道冬妹是自己妹妹，见了有欺负冬妹的调皮孩子，他总要冲上去撵他们，然后笑着冲冬妹喊，妹妹，妹妹。好多年以后冬妹要结婚了，男家的婚车接了新娘子要走，阿四拦在车前死死不让车动，他爹说，这傻子这时候舍不得妹妹了。

那个年代，村子里家家养些家禽牲畜，家门口搭个小棚子就是鸡棚，随时走在河塘边捡得到一枚鹅蛋或是鸭蛋。几乎每家垒有一间养猪的小房子，这些猪年终宰了可以自己吃，也可卖了换些钱。我们家没有养，至今那块空地上长满了草。

紧贴着阿四家的边上是他家养猪的小房子，他爹理出半间铺上稻草算是阿四的床了，每天到了时间给他端去饭，饭上放了些菜。他从来不挑剔，其实不会挑剔，饿了吃，吃完了碗筷丢在那儿他爹去收。阿四不知道春夏秋冬，不知道世间冷暖，身上总是一件缝缝补补的破衣服。他每天出来溜达的时候，一手捏一个碗，一手捏一根树枝，树枝不停地敲打着碗沿发出没有节奏的“当当”声，大家知道阿四出来了。他一个人一边走一边四处张望，不进任何一家的门，高兴了自己能笑出声来，然后开始唱歌：“一条大河波浪宽，风吹稻花香两岸，我家就在岸上住……”来来回回的只唱这几句，或许是他唯一会的，因为我再没听他哼过其他歌。阿四没有上过学，不会说普通话，每回电视里、广播里唱到这首歌，他听见了，他就用本地土话跟着曲调唱。阿四知道这几句歌词的意义吗？没人问过他，也许他懂，也许他不懂。

我在村子里度过了 7 年时光，在村里的幼儿园呆了 3 年，直到小学一年级搬去了宝山城厢生活。河上架有一座桥，桥的北面就是村里的幼儿园，从我家走去不过五六分钟。村子里有的是水塘、水渠，水塘、水渠里满是鱼虾，我跟着爷爷下过水塘，他有张大网，洒下后十多分钟拉起就有许多鱼虾，夹杂着蚌和螺蛳，我还跟着父亲拷过浜，用土将一条水沟的两头堵住，接着用大盆或水桶将沟里的水全部向外倾出，鱼虾便现了原形，无处可逃。那时候我对这些事情极有兴趣，水沟边的小洞我随意分得出是泥鳅的、是螃蟹的；母亲用来缝被子的粗头大针串上一条大蚯蚓，睡觉前用麻绳绑了放进水沟，第二天早上一条肥大的鳝鱼定然挂在上面；每逢夏季还时常怂恿同学一起逃课去钓龙虾，折一根竹子做钓竿，一头系上粗纱线，粗纱线上系上铁钩，铁钩上串上大蚯蚓，几分钟上钩。

村里为了施肥便利，在菜地里建有一个圆形的大粪池，足有半个篮球场那么大，一根长长的竹竿，一头装上一个容器，可以不费力气的将这些天然肥料营养农民们种的菜。那天刚下过一场大雨，我去地里摘黄瓜，经过粪池时凑上前去看了看，粪池表面铺满长长的水草，厚厚的雨水下面一只只小龙虾正弯曲着肚子在乱扑腾，我一下来了主意，第二天约上同学阿建逃了下午的课，去粪池钓龙虾了。可谁知雨后的泥地第二天没有干透，阿建踩上块湿泥连人带竿一起摔进了粪池。粪池有一个大人那么高，他根本爬不出来，我也不敢下去。正在着急的时候，不知怎么阿四跑了过来，竟然径直跳了下去，一把推起了阿建。待阿四上来，他们两人浑身沾满粪水，一股臭味。阿四望着我们只是笑，然后走开了。阿建问我，阿四到底傻不傻？我说，怎么不傻。说完阿建灰溜溜跑回了家，他到底心里害怕，怕他爸爸揍他。傍晚从城厢上班回来的母亲正在灶上做饭，收拾干净的阿建被父母带着上我家来告状了，母亲听完气得一巴掌打在我的脸上，我疼得哭了起来，接着她从灶里拿出烧红的铁钳子要来烫我，我立在那里不敢辩解一句、挪动一步，亏了邻居拉开，否则今天身上一定多一条疤痕。

这以后我们看见阿四不喊他傻子了，不用石子扔他了。秋天到了，稻子成熟了，沉甸甸的稻子伴着一阵阵清风，便翻起金晃晃的一片片浪花。那天我们拉着阿四去稻田里捉迷藏，说好了，我们躲他来找，可是我们在稻子里弓着身子久久等不来阿四，奇怪难倒阿四傻到连找人都不会？我们立起身找起他来，原来他在稻田里平平直直躺了下来。我们问他怎么不来找我们，他不说一句话，傻傻地笑着，眼睛却放出亮光，直勾勾望着天上。我们抬起头向着他望去的方向看去，除了天除了云，连只鸟也没有："走吧，不和这傻子玩了。"阿建说。我们走到稻田边的小路上，正逢着强伯和他老婆过来，这地是他们家的。强伯绷起脸冲我们喊："谁让你们跑进去的？弄坏稻子了。"我们赶紧跑开，可是阿四还在地里，阿建对强伯说，是阿四，他在里面不肯走。强伯急忙跑了进去，揪着阿四的耳朵走了出来。他老婆说，算了算了，一个村儿的。我看到强伯狠狠敲了阿四一下头，阿四好像不怕疼，一路笑着，回家了。强伯叹口气：“这小子命苦，只知道笑了。”

那年村里忽然拜起了宅神，村里老人说这习俗很久以前就有，“文革”时因为破迷信禁止了：“宅上这段时间不太平，大家商量着才决意恢复。”她说，“宅神要连拜三年，中秋团圆当天向宅神祈福，第四年再拜是为谢宅神，待九年后复始。”到了中秋节那天，宅上的人家，大大小小、老老少少果然纷纷从宅子以外的地方回来聚在一起。中午12时准点在选定的空地并排摆上两只朱漆大方桌，中间架起烛台燃上大红蜡烛，蜡烛中间摆放猪首，两旁是花生、黄酒、月饼等供品。待到12时18分，开始鸣放鞭炮。方桌前堆着厚厚的麻布垫子，参加祭拜的人每人点上香，而后开始按户轮流在垫子上叩拜三次，期间要燃烧锡纸和事先请匠人扎制的“香塔”。点着了香，点着了香塔，风一吹，火烧得极旺盛，烟直往脸上扑，大家禁不住纷纷眼红掉下眼泪，倒让看热闹的觉得我们十分虔诚。每户轮流三次叩拜后全宅人齐拜，结束时再燃鞭炮、再分供品。小孩子高兴，能分到不少好吃的。阿四他娘拉着阿四也去拜了，阿四不肯，立在边上像根木头，被他娘摁在地上磕了三个头，他娘告诉他老祖宗会保佑他。

一晃好多年了，当年的孩子们长大了，村里的老人们更老了，有的不在了。这些年再没有拜过宅神，日子也平平稳稳。前两个月，村里的伙伴盛萍拿来她家自己做的米糕，隔着玻璃纸我就闻到了松松软软的甜香味，盛萍像当年我们的父母那么能干了。我自小喜爱这蕴含了农村人智慧和热情的糕点，至今不变，那味道早已清晰埋入我的身体之中，犹如村前那条河流淌着的宁静与安详，犹如阿四脸上不虚伪、不浮华的笑。

这里是光明村，它在这河水边，在阿四的笑里，绵绵不息。

那年夏天

太阳火辣辣地炙烤着世界，炙烤着空荡荡的校园。教学楼所有教室的门都关着，教室里没有一个人。教室的前门、后门和窗台新刷了绿漆，过了今天就能干透。教学楼前方的小回廊上缠着藤萝，早过了花季，没有调皮的同学跳起来摘它了，只剩下油亮油亮的叶子。操场边的美人蕉耷拉着脑袋，花心的汁液依然甜得像蜜。门房的老大爷在打盹，他洗旧的汗衫上破了一个洞，他用绳子系着的老花镜挂在脖子上，随着鼾声在胸口一上一下。这个七月酷热的时节，只有知了的叫声、我们的笑声、泳池的水声，为校园的午后添上一抹亮色。

我们在这个校园六年了，我们熟悉这里任何一个角落，但是现在到了分别的时刻，我们小学毕业了。同学们扔掉课本，为没有作业的暑期而亢奋，为未来崭新的学习而憧憬。体育老师对大家依依不舍，在毕业前的一堂体育课上说学校办了游泳夏令营，以后见不到了，来报名吧。我私下问了小妍、小黑皮，他们说好，我们就去了。于是这个七月，每个星期有三天的下午，我、小妍、小黑皮和低年级的十来位同学一起赖在了校园的游泳池里。教练就是体育老师，胖胖的身体，在水里看得清没有一块肌肉，我曾和同学暗地笑他，跑 400 米也许比我们慢，跑 800 米一定走不到终点，因为每次跑步训练、跑步考试，他除了在起点绷着脸喊一声“跑”，便是在终点握着笔记时间。不过我们喜欢他，男生女生都喜欢，他总会为那些体育成绩低的同学加几分，不让一个人落下。

小黑皮最爱的是足球，常常抛下我和小妍约了其他伙伴在学校向北一条人迹稀少的马路上比赛，两块砖头放在马路中间作球门，五六个人抢着一只球到处跑，稍一用力，球划出一道弧线，飞入马路另一边的树林子，为此捡一只球要费上好一会儿时间，与此相比我宁可泡在游泳池和大家一起消暑。夏令营学的是自由泳，教练戴着墨镜，靠在泳池的一角喊口令，我们两只手搭在泳池边，身体浮在水面，按着口令吸气、吐气、蹬腿、打水练习着基本的动作，教练时不时过来掰掰我们的手和脚，校正我们的姿势。三四堂课下来，大家基本掌握了游泳的方法，剩下的课，教练任由我们嬉戏了。小妍不太和人说话，如在学校念书一般一个人安安静静地挑了人少的地方游几下歇一会儿，游几下再歇一会儿。我和小妍个头都不高，班里她在第一排，我在第二排，六年级时她坐在了我前面。安静地听课、安静地作业、劳动课时安静地扫地，我偷偷看过她，哪怕与同学说话也不张扬，细声细语的一脸斯文。“她真好”，我告诉小黑皮，我有不懂的作业问她或者拿来抄一抄，她从不介意，还会耐心地为我讲解算术题。小黑皮坐在我身后，人长得又瘦又黑，有同学喊他猴子，他听了傻傻地笑，我就叫他小黑皮。我和他一样好动，上课时趁老师不注意要说上几句悄悄话，塞上几张小纸条，或者用小刀片切碎了橡皮丢女生。小黑皮吃亏的是功课不用功，老师说起他时的脸色黑过小黑皮的脸，有一回他爸爸在老师的办公室当着老师的面狠狠给了他一巴掌，他爸爸凶着脸不许他哭，哭了接着打，小黑皮真的忍了下来。等他爸爸走了我问他恨不恨，他反而哭了，一边抹眼泪，一边咬牙说恨，可他从来不准谁说他爸爸的坏话。

我的同学们都住在学校附近，小妍的家离得更近些。校门外沿街是一棵棵的梧桐树，每回夏令营的课结束，我和她走在梧桐树下，说着话便经过她家，每回她让我等一下，进屋为我取上一枝盐水冰棒，而后一声道别。梧桐树粗粗壮壮，密密麻麻的叶子连成一片，仿佛把世界分成了上下两半，我觉得梧桐树下，像盐水冰棒那样清凉。那天夏令营的课刚结束，我和小妍要走，小黑皮踢完球来找我们，说要带我们爬学校的围墙，坐上围墙看树林子，前一天他踢球时球飞进了学校，他图方便从围墙外面翻了进来，捡完球再翻出去时他坐在了围墙上，他说那树林子真好看。这片树林子其实我们很熟悉，我和小黑皮以及班上的几个男生去过无数回，夏天我们在林子的水沟里钓龙虾、摸螃蟹，秋天我们在林子的草丛里捉秋虫，有一次见到一对相拥的恋人，我们远远躲在几棵大树后面看了好一会儿，直到被路过的大人发现。

学校的围墙不算高，记不清有多高了，踩在靠着墙边的一张水泥桌子上就能爬上去，就能像骑马那样坐在围墙上。小妍经不住我和小黑皮的唆使，也跟我们大着胆子爬了上去，她坐在中间，我和小黑皮一前一后坐在她的边上。围墙留着中午炙热的温度，我们坐得屁股发烫，可我们从来没上过围墙，我们开心地摆动双脚，有节奏地踢着墙壁。我们看着那片树林子，太阳在树林子的深处慢慢变红，翠绿翠绿的叶子泛着晶莹的亮光。“好美呀。”小妍说。“那当然。看那树，那么多，那么高。”小黑皮非常得意。“小妍，你爬这么高你爸爸见了骂吗？”我说。“我可只爬这一次，他见了会让我下来，不骂我。”她说。“我爸一定揍我。”小黑皮嘿嘿一笑。“我们来唱歌？”我跟小妍、小黑皮提议。“唱什么？”小黑皮问。“让我们荡起双桨？”小妍说。“不好，那要在划船的时候唱才好。”我说。“那么长亭外，古道边？”小妍说。“好啊，就唱它。”我和小黑皮拍起了手。“长亭外，古道边，芳草碧连天……”我们放开嗓子唱了一遍又一遍。我们爱唱这首歌，音乐课上学的，李叔同写的词，老师说词里尽是友人间的离愁别绪，那时候我们不懂，那时候我们许多歌不懂，那没什么，我们爱唱。小妍回头望望我，我看着她的笑脸，她的笑脸像校园里的美人蕉那样甜蜜，我看着她的眼睛，她的眼睛像泳池里的水那样清澈。“我们是一辈子的好朋友好吗？”小黑皮侧过身说好，小妍看看小黑皮，看看我，三只小手随即叠在了一起。

时间真快，暑期结束，中学开学。小学的大部分同学在同一间学校，只是让四个班级拆得零零乱乱。小妍、小黑皮和几位同

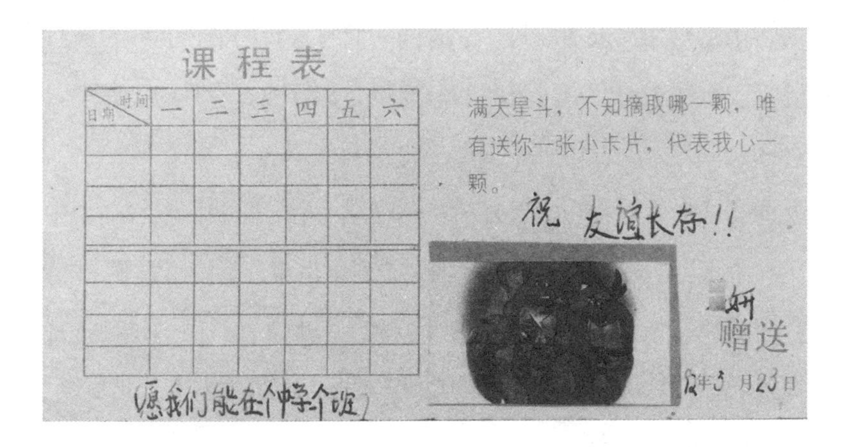

小学毕业时同学赠送的课程表

学在四班，我和几位同学在三班，我们的教室相邻着，每天仍然相见，但十五六岁，是掐着时间放学贪玩的年纪，那时我沉浸在一个新的班级、一些新的同学带给我的新鲜感里，没有与小妍再有什么交集了。匆匆三年，中学生活飘然即逝，再次面临升学和同学间的别离，小妍，那张甜蜜的笑脸，那双清澈的眼睛，我也再未留意过，她几乎淹没在我的记忆之中。

前两年，父母住了近二十年的屋子重新装修，我理出了许多过去留下的书、笔记本、录音带等物品，意外地在一个盖得紧紧的饼干盒内翻出近 200 封中学时同学们写给我的信，我一封封打开，一次次感动在那段沉睡的时光里、那段纯真岁月的美好里。有一枚信封，没有信，塞了薄薄一张小卡片，正面是神话人物金吒，反面的一半是课程表，下方用蓝色钢笔写着“愿我们能在一个中学一个班”。另一半印了三行字：“满天星斗，不知摘取哪一颗，唯有送你一张小卡片，代表我心一颗。”下面又是她的字迹：祝友谊长存！！最下方是一张忍者神龟的贴纸，边上的落款是小妍，时间，1992 年 5 月 23 日。

后 记

从小在宝山长大，自然对宝山怀有深厚的情感。自 2010 年开始收集宝山人文历史类的文献与影像资料，继而得到上海市宝山区文化和旅游局、宝山区图书馆的诸多支持，与宝山图书馆合作开设了“宝山风华”专栏，开始进行宝山人文历史的挖掘与写作。我至今记得第一篇文稿发布时的情形，不仅阅读量高，大家的留言也令我十分感动，给予了我继续创作的信心和动力。今年是 2024 年，值中华人民共和国成立 75 周年，趁此机缘，与宝山图书馆商量着把这些写成的文章筛选后编一本书，以作纪念。

在此感谢中共上海市委原常委、上海市委原统战部部长、上海市人大常委会原副主任、上海市公共关系协会会长沙海林为本书作序，感谢中共上海市宝山区委统战部为本书的顺利出版给予了高度的重视，还有上海市宝山区文化和旅游局、宝山区图书馆、宝山区作家协会所给予的帮助。同时感谢朱昊洁先生，虽为企业家，却为人低调，热爱文化事业，为本书的出版提供了资金支持。他的企业名为上海仲诚通信设备有限公司，在通信行业里有着多元化的发展，已在宝山三十多年，昊洁先生说他也早已是个宝山人了。

另外还有上海交通大学出版社，以及为本书付诸辛苦的彭亚星编辑，在这里一并向他们表示我最真诚的谢意。

唐吉慧

2024 年 6 月